뛰는 교과서 나는 국어왕

3·4학년

상상의집

이 책에 실린 사진 및 그림 저작권

◈ 춤추는 아이(p15) ⓒ국립중앙박물관

◈ 행복한 눈물(p64) ⓒPhototheque R. Magritte / ADAGP, Paris, 2014

◈ 행주대첩비(p83) ⓒ북앤포토

◈ 피레네의 성(p89) ⓒThe Bridgeman Art Library – GNC media, 2014

◈ 단오도(p111) ⓒ간송미술관

◈ 첨성대(p140) ⓒ북앤포토

◈ 선죽교(p163) ⓒ북앤포토

뛰는 교과서, 나는 국어왕 3·4학년 : 교과서 수록 작품 읽기 2단계

글 강효미 | **그림** 문지현 | **사진** 북앤포토
펴낸날 2014년 1월 20일 초판 1쇄, 2022년 11월 10일 초판 4쇄
펴낸이 김상수 | **기획·편집** 이성령, 권정화, 전다은 | **디자인** 문정선, 조은영 | **영업·마케팅** 황형석, 임혜은
펴낸곳 루크하우스 | **주소** 서울시 서초구 사임당로 50 해양빌딩 504호 | 전화 02)468-5057 | 팩스 02)468-5051
출판등록 2010년 12월 15일 제2010-59호
www.lukhouse.com cafe.naver.com/lukhouse

ISBN 979-11-5568-024-7 63800

※ 잘못된 책은 구입처에서 바꾸어 드립니다.
※ 값은 뒤표지에 있습니다.

상상의집은 (주)루크하우스의 아동출판 브랜드입니다.

3·4학년 개정 국어 교과서를 반영한

뛰는 교과서 나는 국어왕

교과서 수록
작품 읽기
2단계

글 강효미 | 그림 문지현

상의집

"평생 단 한 권의 책만 읽어야 한다면?"
고전 명작을 쉽고 재미있게, 교과서 국어왕

　세상에는 무궁무진한 이야기가 있어요. 그중 우리가 가장 많이 만나는 이야기는 바로 교과서 속 이야기예요. 특히 국어 교과서에는 교육적 가치와 예술적 가치를 함께 인정받은 이야기들이 수록되어 있어 지식을 확장하고 정서를 함양하는 계기가 되지요. '평생 단 한 권의 책을 선택하여 읽어야 한다면 그건 국어 교과서다.'라고 할 만큼 빼어난 작품들이 수록되어 있는 교과서. 어떻게 하면 교과서 속 작품을 편하게, 재미있게 볼 수 있을까 하는 고민에서 이 책이 시작되었어요.

"국어왕이 교과서에 묻다!"
교과서 작품을 꿰뚫는 20가지 창의 질문

　이야기를 이루는 요소에는 인물, 배경과 상황, 사건과 갈등, 구성과 플롯이 있습니다. 이야기마다 재미와 교훈이 다르듯 작품마다 강조되는 요소가 다르지요. 이를 테면 동화 〈강아지똥〉에서 가장 중요한 질문은 주인공이 누구냐 하는 것입니다. '작가는 왜 이렇게 하찮고 쓸모없는 강아지똥을 주인공으로 내세웠을까?'라는 질문은 작품을 이해하는 핵심이에요. 만약 이 작품의 제목이 '강아지똥'이 아니라 '민들레 싹'으로 바뀐다면 어떻게 될까요? 하찮고 쓸모없는 강아지똥이 민들레 싹의 거름이 되어 꽃을 피우는 이야기가 아니라, 민들레 싹이 자신에게 거름이 되어 줄 친구들을 찾으러 다니는 이야기가 되겠지요? 무시와 조롱만 당하던 강아지똥이 자기 존재의 소중함을 깨닫는 감동 또한 사라질 테고요. 이 책은 작품을 해제하지 않고 단 한 가지 핵심 질문을 던짐으로써 작품의 본질을 바로 이해하고 감상하도록 합니다. 또 작품의 중요 요소를 바꿔 봄으로써 이야기가 어떻게 달라지는지 보여 줍니다. 학년군으로 재편된 개정 교과서의 흐름에 맞추어 3단계로 나누었고, 각 단계마다 한 학년군의 교과서 수록작을 살펴보도록 했습니다. 1단계는 1~2학년군, 2단계는 3~4학년군, 3단계는 5~6학년군, 마지막으로 4단계는 중학교 1학년 국어 교과서 수록작을 미리 살펴봄으로써 중학교를 준비할 수 있습니다. 1단계에서 〈강아지똥〉을 두고 주인공이 누구인가 묻는다면 4단계에서는 〈사랑손님과 어머니〉를 두고 시점과 화자를 묻는, 체계적인 창의 질문과 워크가 수록되어 있습니다.

음악, 미술, 역사, 과학도 함께 읽는 스팀(STEAM) 국어

이 책의 가장 큰 특징은 국어 교과서의 이야기뿐 아니라 미술 작품에 숨은 이야기, 노랫말에 숨은 이야기, 지도나 문화재에 숨은 이야기도 '읽도록' 하는 것입니다. 읽는 것의 범위를 텍스트에 한정하지 않고 다양한 비주얼로 그 범위를 넓혀 창의적이고 통합적인 사고를 유도합니다. 국어 교과서의 이야기로 배운 인물 및 시점, 화자를 미술 교과서의 명화에 그대로 적용하지요. 기존의 '보는 것', '듣는 것', '외우는 것'을 벗어난 자유로운 국어 활동은 은유와 상상에 날개를 달고 보다 새로운 생각으로 새로운 세상을 만들어 갑니다.

차례

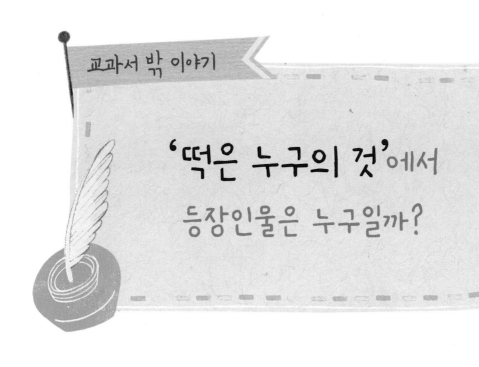

'떡은 누구의 것'에서 등장인물은 누구일까?

옛날 어느 마을에 할머니와 할아버지가 살고 있었어요. 할머니와 할아버지는 둘 다 고집이 세서 자주 싸웠어요.

그러던 어느 날, 할머니와 할아버지는 이웃 잔치집에서 맛있는 시루떡을 세 개 가지고 왔어요.

둘은 떡을 방 한가운데 놓고 하나씩 맛있게 집어 먹었지요.

이제 마지막 떡 한 개가 남았어요.

할머니와 할아버지는 양보할 수 없다며 싸우기 시작했어요. 그때 할아버지가 꾀를 내었어요.

"할멈, 그럼 우리 내기를 하는 게 어때? 이긴 사람이 이 떡을 먹기로 하는 거야."

"좋아요! 그런데 무슨 내기를 하지요?"

"말 안 하기 내기를 하는 거야. 입을 꽉 다물고 있다가 누구든 먼저 말을 하는 사람이 지는 거지."

"옳지! 그거라면 자신 있지요."

내기가 시작되자 두 사람은 입이 딱 달라붙은 것처럼 한마디도 하지 않았어요.

시간이 흘러 어느새 밤이 되었어요. 두 사람은 그때까지도 꿀 먹은 벙어리처럼 떡을 사이에 두고 앉아 있었어요.

그런데 갑자기 방문이 벌컥 열리고 도둑이 살금살금 들어오는 게 아니겠어요?

할머니와 할아버지를 보고 깜짝 놀란 도둑은 얼른 도망치려다

고개를 갸우뚱했어요.

"밤인데 불도 켜지 않고, 도둑이 들었는데 아무 소리도 안 내다니. 이 노인들은 장님에 귀머거리가 분명하군."

신이 난 도둑은 값비싼 물건들을 모조리 보따리에 넣었어요. 방 안의 모든 물건을 훔친 도둑은 콧노래까지 부르며 떠났답니다.

그제야 화를 참을 수 없게 된 할머니가 소리쳤어요.

"이 망할 영감! 당신 때문에 모조리 도둑맞았잖아요!"

그러자 할아버지가 떡을 집으며 말했어요.

"내가 이겼으니 이 떡은 내 떡이오!"

 누가 나올까?

할머니, 할아버지, 도둑이 나와요. 할머니, 할아버지는 도둑이 물건을 훔쳐 가는데도 서로 떡을 먹겠다고 입을 꾹 다물었어요. 참 어리석지요?

떡은 내 거야!

오늘은 운이 좋군.

 사자성어 하나!

할아버지와 할머니의 고집 덕분에 도둑은 손쉽게 물건을 훔쳐서 떠나 버렸어요. 이렇게 두 사람이 맞붙어 싸우는 바람에 엉뚱한 사람이 덕을 본다는 것을 사자성어로 어부지리(漁夫之利)라고 해요. 황새와 조개가 서로 고집을 부리며 다투다가 졸지에 둘 다 어부에게 잡히고 말았다는 이야기에서 만들어진 사자성어예요.

참새

윤동주

가을 지난 마당은 하이얀 종이
참새들이 글씨를 공부하지요.

째액째액 입으론 받아 읽으며
두 발로는 글씨를 연습하지요.

하루 종일 글씨를 공부하여도
짹 자 한 자밖에는 더 못 쓰는걸.

🧭 **등장인물은 누구일까?**

　참새들이 나와요. 입으로는 받아 읽고 두 발로는 글씨 연습을 해요. 하루 종일 울음소리인 '짹짹짹'만 써요.

🛟 **참새가 아닌 다른 동물을 넣어 새로운 동시를 완성해 봐요!**

가을 지난 마당은 하이얀 종이
(　　　돼지　　　) 들이 글씨를 공부하지요.

(　　꾸울꾸울　) 입으론 받아 읽으며
(　　　네　　　) 발로는 글씨를 연습하지요.

하루 종일 글씨를 공부하여도
(　　　꿀　　　) 자 한 자밖에는 더 못 쓰는걸.

김홍도가 그린
「춤추는 아이」라는 그림이에요.
국립중앙박물관에 가면
볼 수 있어요.

🧭 등장인물은 누구일까?

너울너울 날아갈 듯 춤을 추는 아이와 빙 둘러앉은 여섯 명의 악기 연주자들이
나와요. 음악에 맞춰 춤을 추는 아이의 표정에서 즐거운 마음을 느낄 수 있어요.

🛟 악기의 모양과 이름을 알맞게 연결해 보세요.

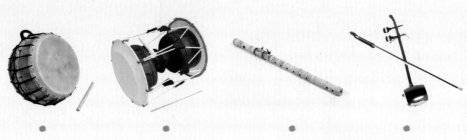

해금   대금   장고   북

2
등장인물이
무슨 말을
했을까?

'배 이야기'의 등장인물이 무슨 말을 했을까?

옛날, 아주 먼 옛날 어느 마을에 씨름 장사가 살고 있었어요. 씨름 장사는 단옷날 장에서 벌어지는 큰 씨름판에서 단 한 번도 진 적이 없었어요.

"날 이길 자는 이 마을에 아무도 없지. 하하."

올해도 장사는 자신만만했어요.

그런데 이게 웬일일까요?

새파랗게 어린 아이에게 그만 지고 만 것이에요.

부끄러워진 그는 얼른 도망을 나왔어요.

집으로 가려면 나루터에서 배를 타고 작은 강을 건너야 했어요.

그런데 배를 타고 보니 노를 젓는 아이가 자신을 씨름판에서 넘 어뜨린 그 아이인 게 아니겠어요?

아까의 부끄러움을 앙갚음해 주려는 생각으로 씨름 장사가 비웃 으며 말하였어요.

"네 배에 올라탔으니 이번엔 내가 이겼군."

아이는 이 말을 듣고도 열심히 노만 저었어요.

이윽고 배가 강을 다 건너자 장사가 의기양양한 표정으로 배에서 내렸어요. 그때 아이가 장사에게 이렇게 말하였어요.

"아들아! 잘 가거라."

"뭣이? 감히 나보고 아들이라고?"

"아저씨가 내 배 속에서 나왔으니 내 아들이 아니면 뭐겠어요?"

그 말을 들은 장사는 부끄러움에 얼굴이 새빨개졌답니다.

배에 올라탄 씨름 장사는 아이에게 무슨 말을 했을까?

"네 배에 올라탔으니 이번엔 내가 이겼군." 하고 말했어요.

 배에서 내리는 씨름 장사에게 아이는 무슨 말을 했을까?

"아들아! 잘 가거라." 하고 말했어요.

이번엔 내가 네 배에 올라탔군.

내 배에서 나왔으니 내 아들이로군.

 한 단어에 여러 가지 뜻이 있어요.

씨름 장사는 "네 배에 올라탔으니 이번엔 내가 이겼군." 하고 말했어요. 여기서 '배'는 '사람이나 짐 따위를 싣고 물 위로 떠다니도록 만든 물건'이라는 뜻이에요. 이에 아이는 씨름 장사에게 "아들아! 잘 가거라." 하고 인사하며 "내 배 속에서 나왔으니 내 아들이 아니면 뭐겠어요?"라고 말하지요. 여기서 쓰인 '배'는 '사람이나 동물의 몸에서 가슴 아래부터 다리 위까지의 부분'이라는 뜻이에요. '배'에는 '배나무의 열매'라는 뜻도 있어요. 이렇게 같은 소리를 가졌으나 뜻이 여러 개인 단어를 '동음이의어'라고 해요.

 배나무의 열매인 '배'를 넣어 짧은 글짓기를 해 봐요.

예) 저는 과일 중에 배가 가장 좋아요.

 또 다른 동음이의어를 찾아볼까요?

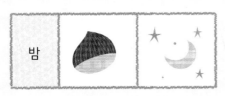

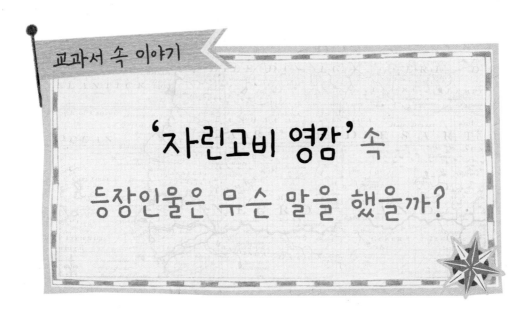

'자린고비 영감' 속
등장인물은 무슨 말을 했을까?

옛날 어느 마을에 자린고비 영감이 살고 있었어요. 자린고비는 무척 인색한 구두쇠를 말해요.

하루는 자린고비 영감이 굴비 한 마리를 사왔어요.

가족들은 깜짝 놀랐어요. 옷이 닳는 것도 아까워 집에서는 홀랑 벗고 지내는 양반이 비싼 굴비를 다 사왔으니 말이에요.

아니나 다를까 자린고비 영감은 굴비를 먹지 않고 밥상 위에 매달아 놓았어요.

"밥 한 번 먹고 굴비 한 번 보고, 밥 한 번 먹고 굴비 한 번 보고. 어떠냐? 맛이 좋지?"

그러다 아들이 실수로 굴비를 두 번 쳐다보자 이렇게 나무라는 것이었어요.

"예끼! 그러면 너무 짜서 밥을 더 먹어야 하지 않느냐?"

하루는 며느리가 시아버지의 생신이라고 생선국을 끓여 내왔어요.

"국에서 생선 맛이 나는구나. 정말 생선을 넣은 것은 아니겠지?"

그러자 며느리가 웃으며 대답했어요.

"자린고비 아버님의 자린고비 며느리가 설마 그랬을 리가 있겠어요? 아까 장에 가서 생선을 고르는 척하면서 실컷 만진 뒤에 그 손을 씻은 물로 국을 끓였답니다."

"뭣이? 쯧쯧. 너 같이 낭비가 심한 며느리가 우리 집안에 들어오다니 부끄럽구나!"

칭찬을 기대했던 며느리는 깜짝 놀랐어요.

"그 손을 우물에다 씻었으면 두고두고 생선국을 먹었을 것이 아니더냐?”

자린고비 영감이 둘째 며느리를 볼 때가 되었어요.

영감은 수소문 끝에 이웃 마을 소문난 구두쇠에게 어여쁜 딸이 있다는 것을 알게 되어 바로 혼담을 넣어 보기로 했어요.

‘구두쇠를 직접 만나본 뒤 낭비가 심하면 혼담이고 뭐고 없는 일이렸다.’

이웃 마을 구두쇠 집에 도착한 자린고비는 인사를 나눈 뒤, 부챗살을 딱 두 개만 펴서 부채질을 하며 말하였어요.

“날씨가 참 덥군요.”

그러자 이웃 마을 구두쇠도 자신의 부채를 활짝 폈어요.

‘부채를 활짝 펴서 부채질을 하다니 그럼 부채가 금방 닳을 것이 아닌가? 에잇. 괜한 발걸음을 해서 짚신만 닳았군.’

그런데 그때 구두쇠가 부채 앞에서 고개를 절레절레 흔들기 시작했어요.

“아! 시원하다.”

부채가 닳을까 봐 대신 고개를 흔드는 것이었어요.

“우리 당장 사돈을 맺읍시다!”

“그럽시다. 껄껄.”

자린고비는 당장 구두쇠의 딸과 아들을 혼인시켰답니다.

둘째 며느리가 시집을 와서 처음 밥상을 차리는 날, 자린고비는 깜짝 놀랐어요. 간장을 종지가 넘치도록 가득 담은 것이었어요.

“얘야. 이렇게 간장을 낭비하면 어쩌느냐?”

그러자 며느리가 웃으며 말하였어요.

"일부러 이렇게 한 것이에요. 간장을 가득 담아 놓으면 보기만 해도 짜서 조금씩만 떠먹게 되거든요. 게다가 숟가락으로 종지 바닥을 긁을 일이 없어서 종지도 숟가락도 닳지 않는답니다."

"옳구나!"

자린고비 영감은 며느리를 더욱 아끼며 행복하게 살았답니다.

🧭 아들이 굴비를 두 번 쳐다보자 자린고비 영감은 무슨 말을 했을까?

"예끼! 그러면 너무 짜서 밥을 더 먹어야 하지 않느냐?"

🧭 칭찬을 기대했던 며느리에게 자린고비 영감은 무슨 말을 했을까?

"그 손을 우물에다 씻었으면 두고두고 생선국을 먹었을 것이 아니더냐?"

🧭 간장을 낭비했다고 나무라는 자린고비 영감에게 둘째 며느리는 무슨 말을 했을까?

"일부러 이렇게 한 것이에요. 간장을 가득 담아 놓으면 보기만 해도 짜서 조금씩만 떠먹게 되거든요. 게다가 숟가락으로 종지 바닥을 긁을 일이 없어서 종지도 숟가락도 닳지 않는답니다."

🛟 새로 들어온 며느리가 낭비하는 성격이었다면, 자린고비 영감에게 무슨 말을 했을까요? 상상해서 써 보아요.

예 1) "일부러 이렇게 한 것이에요. 부엌에 가 보니 반찬이라고는 없어서 간장이라도 많이 먹으려고요!"

예 2) "사실 간장을 꺼내다가 장독대를 깨뜨렸어요. 이것이 우리 집 마지막 간장이랍니다. 호호."

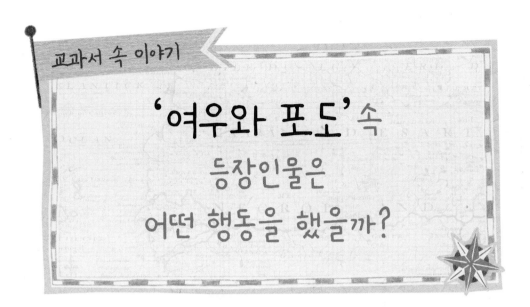

'여우와 포도'속
등장인물은
어떤 행동을 했을까?

여우는 아침부터 아무것도 먹지 못했어요.

꼬르륵 꼬르륵.

배가 몹시 고팠던 여우는 마침 포도밭이 보이자 마지막 힘을 짜내어 달려갔어요.

"정말 잘 익은 포도로구나! 고것 참 맛있겠다."

여우는 포도를 향해 손을 높이 뻗었어요.

영차영차.

하지만 아무리 애써도 높게 매달린 포도 넝쿨에 손이 닿지 않았어요.

펄쩍!

마지막으로 힘을 모아 뛰어 보았지만 헛수고였지요.

완전히 지친 여우는 포기할 수밖에 없었어요. 포도밭을 떠나면서 여우는 이렇게 말하였답니다.

"쳇. 어차피 저 포도는 너무 시어서 먹지도 못할 거야!"

🧭 포도밭을 발견한 여우는 어떤 행동을 했을까?

마지막 힘을 짜내어 달려갔어요.

🧭 잘 익은 포도를 본 여우는 어떤 행동을 했을까?

"정말 잘 익은 포도로구나! 고것 참 맛있겠다."라고 말하며 포도를 향해 손을 높이 뻗었어요.

🧭 마지막으로 힘을 모아 뛰어 보아도 소용없자 여우는 어떤 행동을 했을까?

포도 먹는 것을 포기하고 포도밭을 떠나면서 "저 포도는 너무 시어서 먹지도 못할 거야."라고 말했어요.

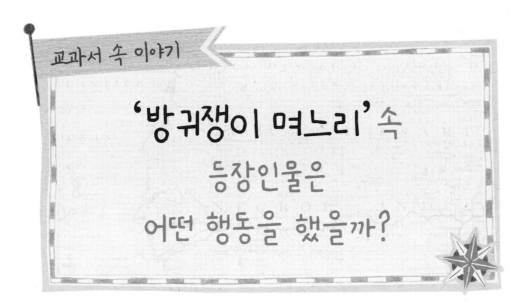

'방귀쟁이 며느리' 속 등장인물은 어떤 행동을 했을까?

마을에 소문이 자자할 정도로 아름답고 마음씨 고운 처자가 있었어요. 이 처자에게는 말 못할 비밀이 있었답니다. 사흘에 한 번씩 시원하게 방귀를 뀌지 못하면 그만 병이 나고 만다는 것이었어요. 시집갈 때가 되자 처자는 걱정 때문에 잠을 이루지 못하였어요.

드디어 혼례를 치룬 처자는 시집살이를 시작하였어요. 그런데 얼마 지나지 않아 처자의 얼굴이 큰 병이라도 난 것처럼 누렇게 뜨고 아랫배가 빵빵하게 부풀어 올랐어요. 방귀를 참고 또 참다 보니 속병이 나고 만 거예요.

시아버지는 걱정이 이만저만이 아니었어요. 갓 시집 온 며느리가 끙끙 앓으니 말이에요.

"아가, 대체 어디가 아픈 게냐? 말 좀 해 보거라."

어디가 아프냐고 묻고 또 묻자 참다못한 며느리가 마지못해 대답하였어요.

"그게 아니라……."

"그게 아니라니 그럼 무엇 때문이냐?"

"부끄럽지만 시집 온 뒤로 방귀를 못 뀌어서 그렇습니다."

"방귀라고? 난 또 뭐라고. 이제 걱정하지 말고 마음 놓고 방귀를 뀌거라."

"그게 정말이세요? 그럼 방귀를 뀔 터이니 아버님은 가마솥을 꽉 잡고 계시고 어머니는 문고리를 꽉 잡고 계시고 서방님은 대들보를 꽉 잡고 계세요."

뿌아앙 뿡뿡.

며느리는 그제야 시원하게 방귀를 뀌었어요. 몇 달을 참았던 방귀 소리는 마치 천둥소리 같았어요. 방귀가 어찌나 센지 가마솥을 잡고 있던 시아버지는 가마솥과 함께 멀리 날아가 버렸고 문고리를 잡고 있던 시어머니는 문짝과 함께 굴러가 버리고 대들보를 잡고 있던 서방님은 그대로 대들보와 함께 쓰러져 버렸어요. 순식간에 고래등 같던 기와집이 와르르 무너져 버렸지요.

시아버지는 닷새 만에 가마솥을 이고 집으로 돌아왔어요. 돌아와 보니 집 안이 난장판이었어요. 화가 난 시아버지는 며느리를 당장 집에서 내쫓고 말았어요.

울면서 친정으로 가던 며느리는 길가에 서 있는 청실배나무 아래 장사꾼 여럿이 모여 있는 것을 보았어요.

"누가 저 나무에서 배를 따 준다면 이 비단과 놋그릇을 다 줄 텐데 말이야."

"그러게 말이야. 저 배 하나 먹어 보면 소원이 없겠네."

며느리는 얼른 자신이 배를 따 주겠다고 말했어요.

"배를 따 줄 테니 비단과 놋그릇을 준다는 약속은 꼭 지키셔야
합니다. 우리 아버님이 배를 참 좋아하시거든요."

"아무렴. 내가 한 입으로 두말하지는 않지."

며느리는 엉덩이를 배나무로 향하고 힘껏 방귀를 뀌었어요.

뿌아앙~ 뿡!

그러자 배나무가 세차게 흔들리며 배들이 후두둑 땅으로 떨어졌어요.

미안한 마음에 며느리를 몰래 지켜보고 있던 시아버지는 웃으며 말하였어요.

"며늘아가야. 내가 잘못했다. 다시 집으로 돌아가 행복하게 살자꾸나."

그렇게 해서 며느리는 다시 집으로 돌아올 수 있었고 그 후로 비단과 놋그릇을 팔아 다시 부자가 되었답니다.

🧭 며느리가 참았던 방귀를 뀌려고 하자 가족들은 어떤 행동을 했을까?

시아버지는 가마솥을 꽉 잡고 시어머니는 문고리를 꽉 잡고 남편은 대들보를 꽉 잡았어요.

🧭 닷새 만에 집으로 돌아온 시아버지는 어떤 행동을 했을까?

화가 나서 며느리를 내쫓았어요.

🧭 청실배를 따기 위해 며느리는 어떤 행동을 했을까?

엉덩이를 배나무로 향하고, 있는 힘껏 방귀를 뀌었어요. 그러자 배나무가 세차게 흔들리며 배들이 후두둑 땅으로 떨어졌어요.

'황희 정승과 아들'속 등장인물은 어떤 행동을 했을까?

황희 정승에게는 세 아들이 있었어요. 그중 첫째 아들인 황치신은 어렸을 적부터 영리하여 일찌감치 높은 벼슬자리에 올랐어요.

황치신이 호조판서로 있을 때의 일이에요. 돈을 모아 새 집으로 이사를 하자 그는 친지들을 초대하여 잔치를 벌이기로 하였어요. 아무리 기다려도 아버지 황희 정승이 도착하지 않자 황치신은 대문 밖으로 나와 보았어요. 그런데 때마침 황희 정승이 황치신의 집 앞에서 발길을 돌리고 있는 것이 아니겠어요?

"아버님! 왜 들어오지 않고 그냥 가십니까?"

"너는 이제부터 내 아들이 아니다."

"아…아버님. 그게 무슨 말씀이십니까?"

"나는 이렇게 화려한 집을 가진 아들을 둔 적이 없다. 네가 비록 호조판서라는 높은 자리에 올랐다고는 하나 이렇게 큰 집에서 벌이는 잔치가 무엇이 필요하단 말이더냐? 네 눈에는 불쌍한 백성들이 보이지 않느냐?"

그제야 황치신은 자신의 잘못을 깨달았어요.

"정말 잘못했습니다. 용서해 주십시오."

황치신은 당장 잔치를 그만두었어요. 뿐만 아니라 새 집을 팔아 어려운 백성들을 도왔답니다.

🧭 잔치에 초대된 황희 정승, 어떤 행동을 했을까?
집에 들어오지 않고 발길을 돌렸어요. 불쌍한 백성들은 생각지 않고 화려한 집을 가진 아들에게 실망했기 때문이에요.

🧭 자신의 잘못을 깨달은 황치신, 어떤 행동을 했을까?
당장 잔치를 그만두었고 새 집을 팔아 어려운 백성들을 도왔어요.

'나귀를 팔러 간 아버지와 아들'속 등장인물은 어떤 행동을 했을까?

아버지와 아들이 당나귀를 끌고 시장에 가고 있었어요.

마침 햇볕이 내리쪼이는 무척 더운 날이었어요. 아버지와 아들은 땀을 뻘뻘 흘렸어요. 그 모습을 본 농부가 비웃으며 말하였어요.

"쯧쯧. 당나귀를 타고 가면 될 걸 저렇게 미련해서야……."

농부의 말을 듣고 보니 정말 그렇지 않겠어요?

'맞아. 당나귀는 원래 짐을 싣거나 사람을 태우는 동물이잖아.'

아버지는 당장 아들을 당나귀에 태웠어요.

그렇게 한참을 가는데 한 노인이 호통을 쳤어요.

"아버지는 걷게 하고 자기는 편하게 당나귀를 타고 가다니. 요즘 아이들이란 저렇게 버릇이 없단 말이지!"

노인의 말을 듣고 보니 정말 그렇지 않겠어요?

아들은 얼른 당나귀에서 내려 아버지를 태웠어요.

또 그렇게 한참을 가는데 이번엔 한 아낙이 깜짝 놀라며 혀를 찼어요.

"세상에! 이렇게 더운 날 어린 아들은 걷게 하고 자기만 편하게 당나귀를 타고 가다니. 저런 사람이 아비라고 할 수 있나, 원! 나라면 아들도 함께 태울 텐데."

아낙의 말을 듣고 보니 정말 그런 것도 같았어요.

아버지는 아들도 당나귀에 태웠어요.

아버지와 아들을 태운 당나귀는 힘에 부친 듯 비틀비틀 걸음을 옮겼어요.

시장에 거의 다다랐을 때, 그 모습을 본 청년이 말하였어요.

"불쌍한 당나귀! 이 더운 날 두 명이나 태우고 가느라 힘이 다 빠졌네. 나라면 차라리 당나귀를 메고 갈 텐데."

청년의 말을 듣고 보니 그런 것 같았어요.

'그래. 이대로 가다가는 장에 가기도 전에 당나귀가 지쳐 쓰러져 버릴 거야.'

둘은 당나귀에서 내렸어요. 그리고 나서 아버지는 당나귀의 앞발을, 아들은 뒷발을 각각 어깨에 올렸지요.

이제 외나무다리 하나만 건너면 시장이에요.

"으히힝~."

그때 당나귀가 버둥거리는 바람에 두 사람은 그만 당나귀를 놓치고 말았답니다.

풍덩.

강에 빠진 당나귀는 물살에 떠내려가고 말았어요.

"다른 사람의 말만 듣다가 결국 귀한 당나귀를 잃고 말았구나!"

아버지와 아들은 뒤늦게 후회했지만 아무 소용없었답니다.

🧭 농부의 말을 듣고 아버지와 아들은 어떤 행동을 했을까?

아버지는 당장 아들을 당나귀에 태웠어요.

🧭 노인의 말을 듣고 아버지와 아들은 어떤 행동을 했을까?

아들은 얼른 당나귀에서 내려 아버지를 태웠어요.

🧭 아낙의 말을 듣고 아버지와 아들은 어떤 행동을 했을까?

아버지는 아들도 당나귀에 태웠어요.

🧭 청년의 말을 듣고 아버지와 아들은 어떤 행동을 했을까?

둘은 당나귀에서 내려서 아버지는 당나귀의 앞발을, 아들은 뒷발을 각각 어깨에 올렸어요.

🛟 속담 하나!

아버지와 아들은 다른 사람의 말만 듣다가 결국 당나귀를 잃고 말았어요. 이렇게 일을 그르치고 난 뒤 뉘우쳐도 소용이 없을 때, '소 잃고 외양간 고친다'라는 속담을 쓴답니다. '도둑 맞고 사립문 고친다'도 같은 뜻이에요.

🧭 그림 속의 두 여인, 어떤 행동을 했을까?

프랑스의 화가 에드가 드가의 「장갑을 낀 여가수」와 「스타」라는 작품이에요. 드가는 인물의 동작을 순간적으로 포착해 그림의 장면으로 담아 내는 데 놀라운 재능을 가지고 있었어요.

첫 번째 그림 속 여인은 노래를 부르는 가수예요. 검은색 장갑을 낀 손을 들어 큰 동작을 취하며 스스로 노래에 빠져 있어요.

두 번째 그림 속 여인은 발레 공연을 하는 발레리나예요. 붉은색 꽃장식이 달린 하얀 발레리나복을 입고 음악에 맞추어 열정적으로 춤을 추고 있어요.

🛟 그림 속 숨겨진 비밀

첫 번째 그림 속 모델은 드가가 자주 가던 카페에서 공연을 하던 가수였다고 해요. 두 번째 그림은 드가가 남긴 수많은 발레리나 그림 중 하나인데, 공연 중의 모습을 담은 보기 드문 작품이라고 해요. 드가는 대부분 발레리나들의 공연 전 모습이나 공연 후 모습만 그렸거든요.

4
등장인물은
왜 그랬을까?

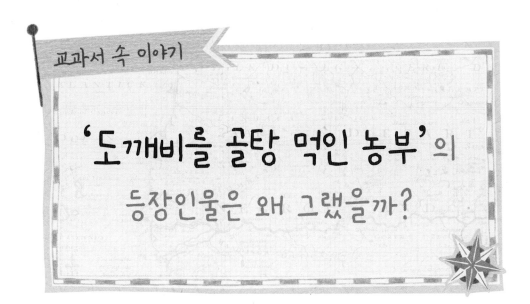

'도깨비를 골탕 먹인 농부'의 등장인물은 왜 그랬을까?

옛날에 아주 부지런한 농부가 살고 있었어요. 농부는 남보다 더 일찍 일어나 밭을 갈고, 더 늦게까지 땀 흘리며 일하였어요.

그런데 농부의 밭 아래에는 심술궂은 도깨비 한 마리가 살고 있었어요. 도깨비는 농부를 무척 싫어했어요. 하루 종일 괭이질 소리를 듣느라 골치가 아팠기 때문이에요.

"에잇. 오늘도 새벽같이 잠을 깨우는군! 저 괭이질 소리 때문에 도저히 못 살겠어!"

도깨비는 농부를 골탕 먹이기로 했어요.

다음 날, 새벽같이 밭에 나온 농부는 그만 깜짝 놀랐어요. 어제 열심히 밭에서 골라 낸 돌들이 도로 밭에 박혀 있는 것이었어요.

'아이고, 이게 대체 어떻게 된 일이람? 옳지. 이건 분명히 못된 도깨비 짓이렷다!'

농부는 시치미를 떼고 말하였어요.

"세상에 이런 고마운 일이 있나? 누가 이렇게 좋은 돌을 가득 날라다 주었을까? 돌이 아니라 쇠똥이었으면 큰일 날 뻔 했네."

몰래 이야기를 듣고 있던 도깨비는 자신이 실수를 했다고 생각했어요.

'이크! 돌이란 건 농부에게 쓸모 있는 것이었구나. 그렇다면 내일은…….'

다음 날, 농부는 밭 한가운데 쇠똥이 가득한 걸 보았어요.

'쇠똥이 거름이 되어 올해 농사는 풍년이겠구나!'

농부는 신이 났지만 모른 체하고 말하였어요.

"아이고, 나는 망했네! 올해 농사는 완전히 망했어!"

몰래 이야기를 듣고 있던 도깨비는 신이 나서 덩실덩실 춤을 추었어요.

가을이 되자 농부의 밭은 동네에서 제일 잘 되었어요. 그제야 속았다는 것을 안 도깨비는 분해서 잠이 안 왔어요. 농부 뒤를 졸졸 따라다니면서 골탕 먹일 궁리만 하던 도깨비는 어느 날 농부가 밤송이에 찔려 우는 것을 보았어요.

"옳다구나! 바로 저것이다."

도깨비는 밤이 되자 밤송이를 잔뜩 짊어지고 와서 농부네 마당에 촘촘히 깔아 두었어요.

다음 날 아침 마당에 나와 본 농부는 깜짝 놀랐지만 모른 체하고 이렇게 말했어요.

"세상에 이렇게 고마운 일이! 내가 밤송이 좋아하는 것을 알고

누가 이렇게 잔뜩 갖다 놓았네! 밤송이가 아니라 알밤이었으면 큰 일 날 뻔했어. 내가 세상에서 가장 싫어하는 게 알밤이니까.”

도깨비는 자기가 또 실수를 했다는 생각에 속이 상했어요.

도깨비는 밤송이를 전부 거둬 가서 밤새 밤송이를 깠어요. 그리고 알밤 열 자루를 농부네 마당에 가득 쌓아 놓았어요.

농부는 이 알밤을 시장에 내다 팔아 부자가 되었답니다.

🧭 농부를 무척 싫어하는 도깨비, 왜 그랬을까?

하루 종일 부지런히 일하는 농부의 괭이 소리 때문에 골치가 아팠기 때문이에요.

🧭 농부의 밭 한가운데 쇠똥을 가득 가져다 놓은 도깨비, 왜 그랬을까?

농부의 “돌이 아니라 쇠똥이었으면 큰일 날 뻔했네.”라는 말을 믿고 농부를 골탕 먹이기 위해 쇠똥을 가득 가져다 놓았어요.

🧭 농부네 마당에 밤송이를 가득 깔아 놓은 도깨비, 왜 그랬을까?

어느 날 농부가 밤송이에 찔려 우는 것을 보고 농부를 골탕 먹이기 위해서 밤송이를 가득 가져다 놓았어요.

🧭 밤새 알밤을 까서 마당에 쌓아 놓은 도깨비, 왜 그랬을까?

농부의 “밤송이가 아니라 알밤이었으면 큰일 날 뻔했어. 내가 세상에서 가장 싫어하는 게 알밤이니까.”라는 말을 믿고 농부를 골탕 먹이기 위해 알밤을 까서 가져다 놓았어요.

'퇴계 이황'의
등장인물은 왜 그랬을까?

조선의 대학자 퇴계 이황 선생은 어렸을 적부터 총명하고 정직하기로 유명하였어요. 한 번은 이런 일이 있었지요. 과거를 보러 한양으로 가는 길에 날이 어둑해지자 민가에서 하룻밤 신세를 지게 되었어요. 하인이 밥상을 가지고 들어오는데 김이 모락모락 나는 콩밥이었어요.

"쌀은 우리가 가져온 것인데 콩은 어디서 났느냐?"

"맛있어 보이기에 이 집 텃밭에서 한 움큼 땄습니다요, 도련님."

"뭐? 남의 콩을 훔쳐 왔다는 말이냐? 상을 썩 물리거라! 어서!"

퇴계 이황 선생은 밥을 한 술도 뜨지 않았을 뿐 아니라 민가의 주인 내외에게 몇 번이고 사과를 하였답니다.

과거에 급제하여 벼슬길에 오른 퇴계 이황 선생은 백성들과 제자들에게 많은 존경을 받았어요. 하루는 꿈을 꾸는데 한 제자가 슬피 우는 것이었어요.

“왜 우느냐?”

“어머니 때문입니다. 아침 밥상에 밥이 한 그릇 뿐이기에 어머니는 드시지 않느냐고 여쭈었더니 이미 드셨다고 하셨습니다. 그래서 맛있게 한 그릇을 다 비우고 빈 상을 들고 부엌으로 가니 어머니가 물로 배를 채우고 계셨어요. 저는 불효자입니다. 흑흑.”

꿈에서 깨어난 이황 선생은 서둘러 제자의 집으로 향하였어요. 꿈에서 본 것과 마찬가지로 제자와 그의 어머니는 차디찬 방 안에서 배를 곯고 있었어요. 집으로 돌아온 이황 선생은 아내에게 말하였어요.

“가난한 제자에게 쌀을 가져다 주어야겠소.”

“우리 집에도 한 끼 먹을 쌀밖엔 남아 있지 않아요.”

“우리는 죽을 쑤어 먹읍시다.”

아내는 남편이 시키는 대로 쌀을 제자에게 가져다 주었어요. 그러고 나서 부부는 죽을 쑤어 그 어느 때보다 맛있게 먹었답니다.

하인에게 상을 썩 물리라고 한 퇴계 이황, 왜 그랬을까?
하인이 주인집의 텃밭에서 훔쳐온 콩으로 밥을 지었기 때문이에요.

서둘러 제자의 집으로 향한 퇴계 이황, 왜 그랬을까?
꿈에서 제자가 슬피 울면서 어머니가 자신에게만 밥을 주고 물로 배를 채웠다는 이야기를 하였기 때문이에요.

제자에게 쌀을 가져다 준 퇴계 이황, 왜 그랬을까?
서둘러 제자의 집으로 가보니 꿈에서 본 것과 마찬가지로 제자와 그의 어머니가 차디찬 방 안에서 배를 곯고 있었기 때문이에요.

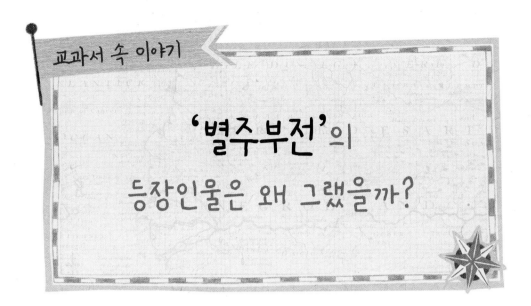

'별주부전'의 등장인물은 왜 그랬을까?

아주 먼 옛날, 용궁에 살며 바다 세계를 다스리는 용왕님이 큰 병에 걸리고 말았어요.

신하들이 좋은 약을 모두 구해 드렸지만 용왕님의 병세는 점점 더 심해졌고, 용하다는 의원들도 용왕님의 병환을 고치지는 못하였어요.

"내 병을 고칠 수 있는 의원이 더 이상은 없단 말이오?"

용왕이 탄식하며 물었어요.

"죽을 날이 가까워 오는 것 같소. 하루하루 몸에 기운이 빠지니……."

"황공하옵니다. 전하."

신하들은 그저 눈물만 흘릴 뿐이었지요.

그때 도미 의원이 용궁에 도착하였어요.

"전하. 전하의 소식을 듣자마자 출발하였으나 제가 워낙 먼 바다에 사는지라 이리 늦었사옵니다."

상어 대신과 꽃게 대신, 갈치 대신들은 도미 의원이 못마땅한지 퉁명스럽게 대꾸하였어요.

"용왕님의 병환은 유명한 의원들도 모두 고치지 못하였다. 그런데 도미 의원은 이름난 의원도 아니지 않은가?"

"병을 고칠 자신이 없으면 썩 물러가게!"

"아니다. 내 지푸라기라도 잡는 심정으로 치료를 받아 보고 싶구나."

그때 용왕님이 입을 열었어요.

이렇게 해서 도미 의원은 용왕님을 진맥하게 되었어요. 진맥을 마친 도미 의원이 말하였어요.

"용왕님의 병환을 고칠 수 있는 약이 하나 있사옵니다."

"아니 대체 그게 정말이오?"

용왕님의 눈과 귀가 번쩍 뜨였어요.

"하지만 그 약은 이 바다에는 없습니다. 바다 밖 육지에 사는 토끼라는 짐승의 간을 먹으면 용왕님의 병은 씻은 듯이 나으실 것입니다."

"토끼의 간이라고? 신하들이여. 어서 육지로 나가 그 토끼라는 짐승을 잡아 오거라."

그날부터 용궁은 시끄러워졌어요. 대체 누가 육지로 나가서 토끼의 간을 구해 올지 토론이 벌어졌기 때문이지요.

상어 대신과 갈치 대신이 말하였어요.

"우리는 물 밖으로 한 발자국만 나가도 금방 죽습니다. 그러니 우리는 절대로 육지로 나갈 수 없지요."

꽃게 대신도 말하였어요.

"저는 육지로 나갈 수는 있으나 몸집이 작아서 힘이 세고 재빠른 토끼를 이길 수는 없습니다."

그때 가장 구석에서 이야기를 듣고 있던 별주부 자라가 말했어요.

"제가 해 보겠습니다. 저는 육지에서도 자유롭게 다닐 수 있으니까요."

"오. 그게 정말이오?"

"맡겨만 주신다면 이 목숨 다 바쳐 토끼라는 짐승을 잡아 오겠습니다."

이렇게 해서 별주부 자라가 토끼의 간을 구해 올 사자로 선발되어 육지로 나왔어요.

몇 날 며칠을 목이 빠져라 토끼를 찾아다니던 자라는 드디어 낮잠을 자고 있는 토끼를 만났어요. 자라는 토끼를 온갖 달콤한 말로 꾀어내었어요.

"유명한 토 선생님을 드디어 만나 뵈니 너무나 영광입니다. 듣던 대로 정말로 잘생기셨군요. 다름이 아니라 토 선생님을 먹을 것이 풍부하고 아름다운 우리 용궁으로 초대하려고 이렇게 찾아왔습니다."

한참을 듣던 토끼는 신이 나서 깡충깡충 뛰었어요.

"정말 용궁에 가면 온갖 보석들과 귀한 음식들이 있단 말이지? 그리고 엄청나게 높은 벼슬도 할 수 있단 말이지?"

"그렇습니다. 우리는 토 선생님의 지혜가 필요합니다. 모두들 토 선생님을 기다리고 있어요."

토끼는 당장 자라를 따라 용궁으로 갔어요. 그런데 토끼가 용궁에 들어서자마자 메기 포졸들이 토끼의 팔과 다리를 밧줄로 묶어 꼼짝 못하게 하였어요.

자신의 간을 얻기 위해 자라가 거짓말을 하였다는 사실을 안 토끼는 꾀를 내기로 했어요.

토끼는 안타까운 표정으로 말하였어요.

"저는 아침에는 이슬을, 저녁에는 산삼을 먹기 때문에 제 간은 모든 병의 만병통치약이라 할 만합니다. 그런데 간을 달라는 자들이 하도 많아 평소에는 간을 바위틈 깊은 곳에 숨겨 놓고 다닙니다. 별주부가 용왕님의 병환을 미리 말하였다면 간을 가지고 왔을 텐데 이것은 모두 별주부의 잘못입니다."

토끼의 말을 감쪽같이 믿은 용왕님과 꽃게, 상어, 문어 대신은 서둘러 토끼를 육지로 되돌려 보내기로 하였어요.

"그럼 간을 가지고 금방 되돌아오겠습니다."

"오냐."

그래서 어떻게 됐느냐고요?

별주부 자라의 등에 업혀 육지로 나온 토끼는 깡충깡충 뛰어서 재빨리 도망을 쳐 버렸답니다.

"미련한 자라야. 간을 어찌 마음대로 꺼냈다 넣었다 할 수 있단 말이니? 네 놈은 돌아가서 용왕에게 욕심 부리지 말고 죽을 때를 기다리라고 전해 주렴."

🧭 용궁에 늦게 도착한 도미 의원, 왜 그랬을까?

용왕님의 소식을 듣자마자 출발하였으나 워낙 먼 바다에 살고 있었기 때문이에요.

🧭 도미 의원이 다녀간 뒤 시끄러워진 용궁, 왜 그랬을까?

대체 누가 육지로 나가서 토끼의 간을 구해 올지 토론이 벌어졌기 때문이에요.

🧭 당장 자라를 따라 용궁으로 간 토끼, 왜 그랬을까?

용궁에 가면 온갖 보석들과 귀한 음식들이 있으며, 높은 벼슬 자리도 준다는 자라의 꾀에 빠졌기 때문이에요.

🧭 토끼를 육지로 되돌려 보내기로 한 용왕과 신하들, 왜 그랬을까?

간을 바위틈에 숨겨 놓고 다닌다는 토끼의 말을 믿었기 때문이에요.

'양반전'의 등장인물은 왜 그랬을까?

옛날 어느 마을에 한 양반이 살고 있었어요.

이 양반은 어질고 글 읽기를 좋아해서 모든 사람들의 존경을 받았어요.

그런데 집이 무척 가난해서 나라에 양식을 꾸어다 먹은 것이 쌓이고 쌓여 천 석이나 되었답니다.

"어떤 놈의 양반이 이처럼 나라의 쌀을 빌려 먹고 갚지 않았단 말이냐?"

강원도 감사가 이 마을을 둘러보러 왔다가 화가 나서 당장 양반을 잡아들이라 했어요.

하지만 이 양반은 밤낮 울기만 할 뿐 갚을 방법을 찾을 수 없었어요.

부인이 화를 내며 이렇게 말하였어요.

"평생 글 읽기만 좋아하더니 양반이란 건 한 푼어치도 안 되는

군요!"

마침 이 마을에는 떵떵거리며 사는 부자가 있었어요.

부자는 장사로 성공하여 돈은 많았지만 양반으로 태어나지 못한 것이 평생의 한이었어요.

"양반은 아무리 가난해도 귀하게 대접받는데 나는 아무리 부자라도 천해서 양반만 보면 굽실거려야 하니 억울하지 않으냐? 우리 마을에 한 양반이 빚을 갚지 못하고 있다니 그것을 대신 갚아 주고 양반 자리를 사 보는 게 어떻겠느냐?"

"좋습니다, 아버님."

부자는 곧 양반을 찾아가 자기가 대신 빚을 갚아 주겠다고 하였어요. 대신 양반의 자리를 달라고 하였지요.

양반은 무척 기뻤어요.

한편 이 소식을 들은 사또는 당장 부자를 불러들였어요.

"양반 자리는 개인이 사고팔 수 있는 것이 아니니라. 반드시 증서를 만들어 이 사또의 도장을 찍어야 제대로 증거가 되는 것이지."

"그렇다면 얼른 증서를 만들어 주십시오!"

이렇게 해서 사또는 부자가 양반이 되었다는 증서를 만들어 주었어요.

증서의 내용은 다음과 같았어요.

부자는 곡식 천 석에 양반 자리를 샀도다.

양반이 되었으니 앞으로는 야비한 일은 하지 않으며 옛것을 본받고 늘 오경(3시~5시)에 일어나 동래박의라는 책을 외워야 한다.

굶주림과 추위를 참아야 하며 세수할 때 얼굴을 비비지 말고 걸음은 느릿느릿, 손으로 돈을 만져서도 안 되며 물건의 가격을 물어서도 안 되고 더워도 버선을 벗으면 안 되느니라.

밥을 먹을 땐 꼭 갓을 써야 하며 국도 훌쩍 떠먹지 말고 젓가락질도 조심히 해야 하고 추워도 화롯불을 쬐면 안 되며 아내와 아이들, 하인에게도 화를 내어선 안 된다.

부자는 이 증서를 보고 깜짝 놀랐어요.

"양반이란 게 이것뿐인가요? 양반은 신선 같다고 들었는데 이렇다면 재미가 너무 없습니다. 부디 양반으로서의 이익이 있게 내용을 좀 바꿔 주세요."

사또는 할 수 없이 문서를 다시 작성했어요.

하늘이 백성을 낼 때 양반을 가장 높게 만들었도다.

양반은 농사도 안 짓고 장사도 안 해도 되며 벼슬에 나아가면 그야말로 돈 자루를 쥔 것이나 다름없다.

매일 기생과 놀 수 있으며 이웃의 소를 끌어다 먼저 내 땅을 갈아도 되며 마을의 일꾼을 잡아다 내 논의 김을 매게 해도 되느니라.

그 누구를 잡아다 코에 양잿물을 들이붓고 머리끄덩이를 돌리고 수염을 낚아채더라도 감히 양반을 원망하지는 못하느니라.

참다못한 부자는 이렇게 말했어요.

"사또 나리! 저를 도둑놈으로 만들 생각입니까? 그런 양반이라면 안 하겠습니다."

이후 부자는 다시는 양반이 되고 싶다는 말을 하지 않았다고 해
요.

🕐 강원도 감사가 당장 양반을 잡아들이라 했다, 왜 그랬을까?

양반은 집이 무척 가난해서 나라에서 양식을 꾸어다 먹었어요. 그렇게 꾸
어 먹은 것이 쌓이고 쌓여 천 석이나 되었지요.

🧭 부자는 양반 자리를 사려고 한다, 왜 그랬을까?

양반은 아무리 가난해도 귀하게 대접받는데 부자는 신분이 천해서 양반만
보면 굽실거려야 하는 것이 억울했기 때문이에요.

🧭 부자는 다시는 양반이 되고 싶다는 말을 하지 않았다, 왜 그
랬을까?

부자는 양반 증서를 보고 "저를 도둑놈으로 만들 생각입니까?"라고 말했어
요. 부자는 양반 증서를 통해 양반들이 도둑놈 같다는 생각을 하게 되었고
차라리 천한 신분으로 사는 것이 낫다고 생각했던 거예요.

5

등장인물의
기분은
어땠을까?

'마녀의 빵'에서 등장인물의 기분은 어땠을까?

마더 미첨은 길모퉁이에서 빵 가게를 하고 있었어요. 그녀는 올해 40살이고 통장에는 많은 돈이 저금되어 있었으며 마음씨도 착했어요. 하지만 아직 결혼을 하지 못하였어요.

그녀는 일주일에 두세 번 가게에 오는 남자 손님이 마음에 들었어요. 낡은 옷을 입고 있었지만 언제나 예의 바른 남자였지요.

남자는 늘 오래되어 딱딱해진 식빵을 두 덩이 사갔어요. 묵은 식빵은 갓 만든 식빵보다 반이나 쌌거든요. 마더는 남자의 손가락에 물감이 묻어 있는 것을 보았어요. 그래서 남자가 가난한 화가라고 생각했지요.

'불쌍해라! 가난해서 그런 딱딱한 식빵 말고는 사 먹을 수 없나 봐. 남자가 딱딱한 식빵 말고 나와 함께 맛있는 식사를 하면 얼마나 좋을까?'

마더는 이렇게 생각하곤 했어요.

어느 날, 마더는 남자가 자기의 생각대로 화가인지 알아보기로 했어요. 그래서 베니스의 풍경을 그려 놓은 멋진 그림을 카운터 뒤에 세워 놓았지요.

이틀 뒤 가게를 찾은 남자는 묵은 빵 두 개를 사며 말했어요.

"오! 훌륭한 그림이군요."

"그래요?"

마더는 기뻐하며 말했어요.

"저는 미술과……그리고('화가'라는 말을 이렇게 빨리 해 버리면 안 되지!) 그림을 무척 좋아해요."

"하지만 궁전의 모양이 잘못 그려졌네요."

남자는 빵을 받아들자마자 바쁘게 나가 버렸어요.

'그래. 저 남자는 화가가 틀림없어. 첫눈에 그림이 잘못 그려진 것을 알다니 천재 화가가 분명해. 그런데 매일 굳은 빵이나 먹어야 하다니. 하지만, 천재란 인정을 받을 때까지는 흔히 고생을 해야 하는 거야. 나는 저금해 놓은 돈도 많고 빵 가게도 가지고 있으니 저 남자를 도울 수 있는데…….'

요즈음 남자는 가게에 오면 진열장을 사이에 두고 잠시 잡담을 나누다가 돌아가는 일이 자주 있었어요. 그는 마더와의 대화를 아주 반가워하는 것처럼 보였지요. 그리고 여전히 묵은 빵을 사 갔어요. 그녀가 자랑하는 케이크도, 파이도, 맛이 있는 빵은 하나도 사 가지 않았어요. 마더의 눈에 남자는 점점 수척해지고 기운이 없어 보였어요.

마더는 가게에 나올 때 물방울 무늬 블라우스를 입었어요. 집에서 피부에 좋은 화장품을 만들기도 했지요.

그러던 어느 날, 남자가 여느 때처럼 빵집에 와서 묵은 빵을 골랐어요. 마더가 빵을 포장하려고 했을 때 마침 "뚜우뚜우" 소리를 내며 요란스럽게 소방차가 지나갔어요.

남자는 얼른 문 쪽으로 나가 밖을 내다보았어요.

그때였어요. 마더는 이 기회를 놓치지 않고 얼른 칼로 빵을 자른 다음 그 사이에 신선한 버터를 듬뿍 발랐어요.

남자가 다시 돌아왔을 때 그녀는 이미 빵을 종이에 싸고 있었지요. 남자가 돌아간 뒤 마더는 혼자서 빙긋 웃었어요.

'내 마음을 너무 많이 보여 준 걸까? 혹시 화를 내면 어쩌지? 아니야. 그럴 리 없어.'

마더는 하루 종일 이 일에 대해 생각했어요.

그런데 갑자기 입구의 문에 달린 벨이 거칠게 울렸어요. 두 남자가 가게로 들어왔는데 한 사람은 처음 보는 젊은 남자였고 나머지 한 사람은 그 화가였어요.

화가는 화가 잔뜩 난 얼굴로 주먹질을 해 댔어요.

"이 멍청한 여자 같으니라고!"

젊은 남자는 화가를 말리려 했지만 소용없었어요.

"그냥은 못 나가! 이 여자가 날 망쳐 놓았단 말이야! 이 바보 같은 여자야!"

마더는 너무 놀라서 머리가 어지러웠어요.

젊은 남자는 친구의 옷깃을 잡고 가게 밖으로 내보낸 뒤 다시 돌아왔어요.

"아주머니. 저 친구가 왜 저러는지 이야기해 주어야 할 것 같군요. 저 친구의 이름은 블럼버거로 건축가입니다. 저 역시 저 친구와 같은 사무실에서 일하고 있지요. 친구는 3달 동안 새 시청의 설계도를 그려왔습니다. 그리고 마침내 어제 거의 다 완성을 하였지요. 아시다시피 설계도를 그리는 사람은 먼저 연필로 그린 다음 굳은 빵 부스러기로 연필 자국을 지워 나갑니다. 고무 지우개보다 훨씬 잘 지워지거든요. 블럼버거는 그 빵을 바로 이 가게에서 사 쓰고 있었습니다. 그런데 오늘……아시겠지만 아주머니, 그 버터 때문에……. 설계도가 완전히 엉망이 되어 버렸어요."

마더는 기운 없이 방으로 들어왔어요. 물방울 무늬 블라우스를 벗고, 전에 입던 낡은 갈색 옷으로 갈아입었지요. 그리고 직접 만든 화장품을 쓰레기통에 쏟아 버렸어요.

🧭 **매일 딱딱한 빵만 사가는 남자를 보며 여자의 기분은 어땠을까?**
가난해서 딱딱한 식빵 말고는 사 먹을 수 없는 남자가 불쌍했어요. 그래서 남자가 딱딱한 식빵 말고 자신과 맛있는 식사를 함께 하면 얼마나 좋을까 생각했어요.

🧭 **버터 때문에 설계도를 망쳤을 때 남자의 기분은 어땠을까?**
몹시 화가 났을 거예요.

🛟 **무엇을 통해 마더의 기분을 알 수 있을까요?**

마더의 옷차림을 보고 알 수 있어요. 남자 때문에 기분이 좋았을 때, 마더는 물방울 무늬 블라우스를 입고 화장품을 만들어 발랐어요. 하지만 망신을 당한 뒤에 다시 갈색 옷으로 갈아입고 화장품을 버렸어요.

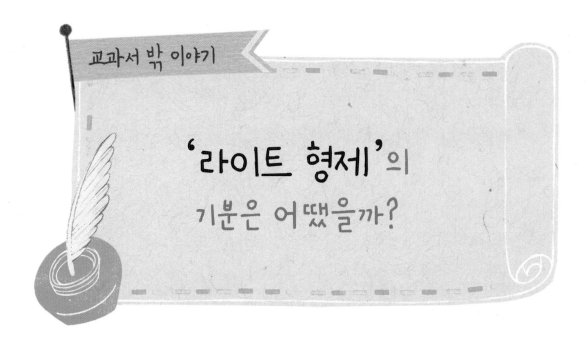

'라이트 형제'의
기분은 어땠을까?

　　하늘을 최초로 비행한 사람은 라이트 형제예요.

　　어린 시절 아버지에게 선물 받은 헬리콥터 장난감을 가지고 놀면서 형제는 인간도 커다란 프로펠러만 있다면 하늘을 날 수 있다고 생각했어요.

　　하지만 사람들은 그런 형제를 보며 기가 막혔어요.

　　"새도 아닌 사람이 하늘을 난다니 말이 돼?"

　　사람들은 형제가 미쳤다고 수군댔어요.

　　사람들은 형제가 비행기를 날릴 때마다 언덕으로 찾아와 실패하는 꼴을 구경하느라 신났어요.

　　"그럼 그렇지. 오늘도 또 실패인가 보군."

　　"그만 돌아가자고! 시간 낭비했구만."

　　하지만 라이트 형제는 수차례 시험 비행에 실패한 끝에 1903년, 드디어 첫 비행에 성공했어요.

"와! 떴다, 떴어!"

"비행기가 날고 있어!"

놀라운 일이었어요. 플라이어호가 공중에 붕 떠서 수 초간 하늘을 날더니 미끄러지듯 안전하게 착륙한 것이에요. 형제는 기뻐서 눈물을 흘렸어요.

"드디어 해냈어. 수백 번의 실패를 딛고 드디어 우리가 해낸 거야!"

비행 시간은 12초였고 비행 거리도 36.5미터에 불과했지만 이 날의 비행은 인류 역사상 최초의 비행이었답니다.

이후에 형제는 점점 비행 시간을 늘려가서 40km를 38분 동안 비행하기도 했어요. 라이트 형제는 아메리칸 라이트 비행기 회사를 세워 비행기 제작에 평생을 바쳤답니다.

🧭 하늘을 날 수 있다는 라이트 형제를 보며 사람들의 기분은 어땠을까?

새도 아닌 사람이 하늘을 날겠다고 하니 기가 막혔어요. 그래서 형제가 비행에 실패할 때마다 구경을 하느라 신이 났어요.

🧭 비행에 성공하였을 때 라이트 형제의 기분은 어땠을까?

기뻐서 눈물을 흘렸어요.

> 미국의 화가
> 로이 리히텐슈타인의
> 「행복한 눈물」이에요.

그림 속 여자의 기분은 어땠을까?

여자의 눈에서 눈물이 쏟아지고 있어요. 여자는 불행한 걸까요?

그림의 제목 「행복한 눈물」처럼 여자는 행복한 기쁨으로 울고 있는 거예요. 눈과는 달리 입 모양이 웃고 있는 것을 보아도 여자가 몹시 행복해하고 있다는 것을 알 수 있지요.

그림 속 비밀

로이 리히텐슈타인은 앤디 워홀과 함께 미국의 팝아트를 창조하고 이끈 팝아티스트였어요. 팝아트는 대중문화와 예술을 합친 말로, 이전까지의 딱딱한 예술과 달리 대중들이 좋아할 재미있는 작품을 많이 만들었어요. 팝아티스트들은 다양한 일상의 도구를 이용해 독창적인 작품들을 제작했는데 로이 리히텐슈타인 역시 도화지에 작은 점을 찍어 그림을 완성시키는 기발한 방식으로 많은 작품을 남겼답니다.

노르웨이의 화가 에드바르 뭉크의 「절규」예요. 노르웨이 오슬로 국립 미술관에 가면 볼 수 있어요.

그림 속 남자의 기분은 어땠을까?

남자는 노을이 지는 다리 위에 서 있어요. 남자는 공포에 질린 얼굴로 두 귀를 틀어막고 소리 없는 비명을 지르고 있어요.

그림 속 비밀

그림 속 남자는 바로 화가 자신이에요. 뭉크는 어린 시절 어머니와 누이의 죽음을 겪은 뒤 평생 죽음의 공포에 시달려야 했어요. 뭉크 또한 몸이 허약해서 늘 병과 싸워야 했답니다. 어느 날 뭉크는 친구 두 명과 함께 오슬로의 시골을 산책하고 있었어요. 그런데 갑자기 피곤한 느낌이 들면서 붉게 물든 구름과 강물이 꼭 비명을 질러대는 것처럼 느껴졌어요. 뭉크는 큰 공포를 느꼈지만 뒤따라오던 친구들은 뭉크의 이런 마음을 알지 못했어요. 이날의 끔찍한 경험을 뭉크는 이 그림에 담아냈답니다.

6

등장인물의 성격은 어떨까?

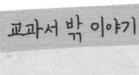

'선비와 갈모' 속 등장인물의 성격은 어떨까?

조선 정조 임금 때 벼슬을 지낸 정홍순은 비가 오는 날이면 갈모를 두 개씩 겹쳐 쓰고 다녔어요. 갈모는 예전에 비가 오면 갓 위에 덮어 쓰던 고깔을 말해요.

"아버지. 왜 불편하게 갈모를 두 개 쓰십니까?"

아들이 묻자 정홍순은 이렇게 대답하였어요.

"미처 우비를 준비하지 못한 사람을 만나면 빌려 주려고 그러지."

이렇게 정홍순은 다른 사람을 배려하는 게 몸에 밴 사람이었어요.

그러던 어느 비가 많이 오는 날이었어요.

정홍순은 처마 밑에서 오도 가도 못하는 한 젊은이를 보았어요.

"자네 갈모가 없어서 그러는가?"

"그렇습니다. 제가 깜빡하고 준비하지 못했습니다."

"그렇다면 이것을 쓰게."

정홍순은 자신의 갈모 중 하나를 젊은이에게 건넸어요.

"정말 고맙습니다, 선비님. 이 갈모는 반드시 돌려드리겠습니다."

젊은이는 고맙다고 고개를 숙이며 약속했어요.

하지만 몇 달이 지났는데도 젊은이는 갈모를 돌려주지 않았답니다.

하루는 과거에 급제한 젊은 선비가 정홍순에게 인사를 하러 찾아왔어요.

그런데 정홍순이 자세히 보니 그는 자신에게 갈모를 빌려갔던 젊은이였어요. 정홍순은 그를 꾸짖었어요.

"작은 갈모 하나도 돌려주겠다는 약속을 지키지 않는 사람에게 어떻게 나라의 일을 맡길 수 있겠는가! 썩 물러가게!"

젊은 선비는 부끄러움에 고개를 들지 못하였고 스스로 벼슬에서 물러났다고 해요.

🧭 정홍순의 성격은 어떨까?

다른 사람을 배려하는 것이 몸에 배었고, 작은 약속도 반드시 지켜야 한다고 생각하는 사람이에요.

🧭 젊은 선비의 성격은 어떨까?

약속 지키는 것을 소홀하게 여기는 사람이에요.

🛟 젊은 선비가 정직하고 약속을 잘 지키는 성격이었다면 이야기의 결말은 어떻게 바뀌었을까요?

예) 정홍순에게 우산을 바로 되돌려 주었을 거예요. 그리고 과거에 급제한 뒤 다시 정홍순을 만났을 때 몹시 반가워했을 거예요.

🛟 젊은 선비가 부끄러움을 모르는 성격이었다면 이야기의 결말은 어떻게 바뀌었을까요?

예) 정홍순에게 겨우 우산 하나 때문에 왜 그러느냐며 도리어 화를 냈을 거예요. 그리고 스스로 벼슬에서 물러나지 않았을 거예요.

'농부와 암탉' 속 등장인물의 성격은 어떨까?

한 농부가 이웃들에게 자랑을 했어요.

"이게 내 암탉이 낳은 달걀이야. 흐흐. 크기도 크지만 맛도 좋아서 시장에 내다 팔면 좋은 값을 받을 수 있다구."

"고것 참 부럽구만. 나도 그런 암탉 하나 있으면 소원이 없겠어!"

그러던 어느 날부터, 농부에게 슬그머니 욕심이 생겼어요.

"달걀을 하루에 하나씩 밖에 얻질 못하니, 이래 가지고 언제 부자가 되겠어? 뭐 좋은 방법이 없을까? 옳지!"

농부는 그날부터 암탉에게 먹이를 잔뜩 주었지요.

"지금보다 먹이를 배로 주면 달걀도 배로 낳을 게 아니겠어? 어서 부지런히 먹고 달걀을 아주 많이 낳아 주렴. 흐흐."

그러나 암탉은 너무 많이 먹은 나머지 뚱보가 되었고, 결국 하루에 한 알씩 낳던 달걀마저 낳지 못하게 되었답니다.

"어이쿠! 내 욕심 때문에 결국 이렇게 되고 말았구나!"

농부는 땅을 치며 후회를 했어요.

 농부의 성격은 어떠할까?

농부는 크기도 크고 맛도 좋은 달걀을 낳는 암탉을 가지고 있었어요. 그러다 욕심쟁이가 된 농부는 결국 암탉을 뚱보로 만들고 말았어요.

하루 한 알로
언제 부자가 되겠어?

 티끌 모아 태산이 될 수도 있어요!

옛날 어떤 인색한 대갓집에서 일어난 일이에요. 주인이 한 해 동안 일한 대가로 주는 새경을 자꾸 적게 주려고 하자 한 영리한 머슴이 첫째 날은 쌀 한 톨, 둘째 날은 쌀 두 톨, 셋째 날은 쌀 네 톨, 이런 식으로 매일 새경을 배로 늘려 받고 싶다고 했어요. 쌀 몇 톨씩을 가지고 아무리 배로 늘린다고 해도 얼마 되지 않을 것 같아 주인은 제안을 흔쾌히 받아들였지요. 그런데 1년이 지난 뒤에 계산을 해 보니 대갓집의 모든 곡식을 다 주어도 부족한 양이었다고 해요. 1, 2, 4, 8, 16, 32, 64……이렇게 배로 불어나는 힘이 어마어마했던 거예요!

농부가 욕심 없는 성격이었다면 암탉을 소중하게 여기며 정성껏 길렀을 거예요. 암탉이 자라는 데 시간이 걸린다고 해도 암탉의 수명이 길기 때문에, 암탉이 낳은 달걀에서 또 다른 암탉들이 태어날 테고 여러 마리의 닭들이 매일 좋은 달걀을 낳는다면 달걀은 몇 배로 늘어나 큰 부자가 되었을 테니까요.

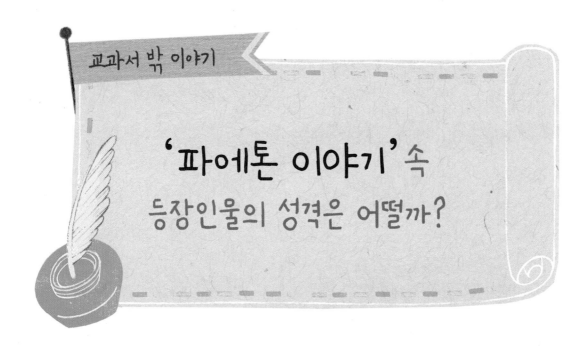

'파에톤 이야기' 속 등장인물의 성격은 어떨까?

파에톤은 요정 클뤼메네와 태양신 사이에서 태어났어요. 파에톤은 '빛나는 사람'이라는 뜻이었어요.

어느 날 친구들이 파에톤을 놀려 댔어요.

"빛나는 사람이라니, 네 까짓 게!"

집으로 돌아온 파에톤은 어머니 클뤼메네에게 울면서 말했어요.

"친구들이 제 이름을 놀립니다. 제 이름은 왜 파에톤인가요?"

"그건 너의 아버지가 태양신 아폴론이기 때문이란다. 이제 너도 나이가 되었으니 아버지를 찾아가 보겠니?"

그 길로 파에톤은 태양이 솟아오르는 궁전으로 떠났어요. 아버지를 만날 수 있다는 생각에 파에톤은 몹시 기뻤어요.

하늘 높이 솟아 오른 태양신의 궁전은 온통 황금과 보석으로 빛나고 있었어요. 궁전 안으로 들어간 파에톤은 아버지가 내뿜는 빛이 너무 눈부셔서 조금 멀리 떨어져 섰어요.

"태양신이시여! 제가 아버지의 아들이 맞다면 그 증거를 보여 주세요."

그러자 태양의 신 아폴론은 빛나는 관을 벗고서 파에톤을 껴안아 주었어요.

"아들아. 네 어머니가 한 말이 맞다. 네 소원이라면 무엇이든 들어주마. 저승의 앞을 흐르는 스틱스 강에 대고 맹세하겠다. 저 강에 맹세한 것은 반드시 지켜야 하느니라."

"그렇다면 아버지의 태양 마차를 하루만 몰게 해 주세요. 네?"

"뭐, 뭐라고?"

아폴론은 깜짝 놀랐어요. 그는 고개를 세 번이나 가로저었어요.

"내가 너무 경솔하게 약속했구나. 그 소원은 안 될 말이다. 그 소원을 들어주면 네가 위험해진단다. 태양 마차를 모는 것은 쉬운 일이 아니야."

"무엇이든 들어주신댔잖아요?"

"다른 소원이라면 무엇이든 다 들어주마. 제발 그 소원만은……."

"싫어요. 이미 스틱스 강에 맹세하셨잖아요?"

파에톤은 계속 고집을 부렸어요. 그러자 태양신도 어쩔 수 없이 태양 마차가 있는 곳으로 파에톤을 데려갔어요.

태양 마차는 바퀴가 두 개 달렸고 온통 황금으로 만들어졌어요. 뒤에는 눈부시게 빛나는 태양이 실려 있었어요. 태양신이 이 마차를 동쪽에서 몰기 시작하면 온 세상에 아침이 시작되었다가, 서쪽

끝에 도착하면 밤이 되었어요.

파에톤은 걱정스러운 표정의 아폴론을 뒤로 하고 신이 나서 마차에 올랐어요.

"이럇!"

채찍을 한 번 휘두르자 놀란 말들이 순식간에 앞으로 내달렸어요.

말이 멋대로 달리기 시작했어요. 늘 다니던 길에서 벗어난 태양 마차 때문에 큰곰자리와 작은곰자리가 불길에 그을렸어요. 겁이 난 파에톤은 발아래를 내려다보았어요. 땅은 너무 까마득히 멀리 있었어요. 파에톤의 무릎이 덜덜 떨리기 시작했어요.

그제야 파에톤은 후회가 되었어요.

"태양 마차를 모는 것이 아니었어. 아버지는 어쩌자고 나의 소원을 들어주신 거지?"

태양 마차는 계속해서 멋대로 날았어요.

구름은 연기를 내뿜으며 타들어갔고 산꼭대기엔 불이 붙었어요. 풀과 꽃은 뜨거운 열기 때문에 시들었으며 다 자란 곡식은 이글이글 불탔어요.

큰 도시들도 잿더미로 변했어요. 이데산의 샘물도 남김

없이 말라 버렸고 바다도 마르기 시작했어요.

　이 소식을 들은 신들의 왕 제우스는 화가 났어요.

　"이대로 가다간 온 세계가 불타 버리고 말 것이다."

　제우스는 높은 탑으로 올라가 파에톤을 향해 벼락을 내리쳤어요.

　태양 마차가 벼락에 맞아 추락하면서 파에톤도 죽음을 맞이했어요. 강의 신 에리다노스는 죽은 파에톤의 몸을 받아 주었고 파에톤의 누이들인 헬리아스들은 슬픔에 젖어 포플러 나무로 변하였어요. 헬리아스들이 흘린 눈물은 강에 떨어져 호박 구슬로 변하였답니다.

🧭 파에톤의 성격은 어떠할까?

파에톤은 아버지 아폴론에게 태양 마차를 몰게 해 달라는 무리한 부탁을 하고는 고집을 꺾지 않았어요. 결국 파에톤은 태양 마차를 몰다가 세상을 큰 혼란에 빠뜨렸죠. 파에톤은 고집이 세고 자신의 분수를 모르는 성격이에요.

🛟 파에톤의 성격과 비슷한 캐릭터에는 누가 있을까요?

예1) 떡 먹기 내기를 한 할아버지와 할머니가 있어요. 할아버지와 할머니는 서로 고집을 부리다가 도둑질을 당했어요.

예2) 새들의 왕 내기의 까마귀가 있어요. 까마귀는 분수도 모른 채 새들의 왕이 되려고 여러 새들의 깃털을 몸에 붙였다가 망신을 당했어요.

🛟 파에톤의 성격이 신중했다면 이야기가 어떻게 바뀌었을까요?

아폴론에게 다른 소원을 이야기했을 것이고 죽음을 맞이하는 일도 없었을 거예요.

7

누가
도와주었을까?

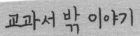

'땅속 나라 아귀괴물'은 누가 도와주었을까?

옛날 옛적에 아귀라는 도적이 살고 있었어요. 아귀는 땅속 나라에 사는 집채만 한 괴물이었는데 한 번 나타났다 하면 세상 사람들이 모두 무서워 벌벌 떨었어요. 그러던 어느 날 아귀가 공주를 훌쩍 납치해서 데려가 버렸어요.

임금님은 큰 시름에 잠겨서 공주를 구해 오는 사람은 사위로 삼겠다고 하였어요.

아무도 섣불리 나서지 못하고 있을 때 한 청년이 나타났어요.

"제가 한번 해 보겠습니다."

"그게 정말인가? 그렇다면 궁궐에서 가장 용맹한 무사 두 명을 부하로 삼아서 다녀오게."

이렇게 해서 청년은 임금이 내려 준 무사 둘을 데리고 공주를 찾아 길을 떠났어요.

밤낮없이 길을 걸어서 세 사람은 땅속 나라로 들어가는 시커먼 구멍 앞에 다다랐어요.

청년은 칡을 엮어 줄을 만든 뒤 구멍 아래로 내려가기로 했어요.

"당신들은 여기서 기다리고 있다가 만약 내가 줄을 흔들면 끌어 올리시오. 무슨 일이 있어도 어딜 가지 말고 반드시 여기서 기다려야 합니다."

한참을 줄을 타고 내려가다 보니 드디어 발이 땅에 닿았어요. 땅속 나라에도 큰 마을이 있는데 마을 한가운데 큰 기와집이 있었어요. 바로 아귀의 집이었지요.

청년은 우물가에서 물을 긷고 있는 아리따운 처자를 만났어요. 그런데 자세히 보니 그 처자가 바로 청년이 찾던 공주님이 아니겠어요?

"공주님을 구하러 왔습니다."

"돌아가시는 것이 좋을 거예요. 아귀는 그 누구도 당해 낼 수 없으니까요."

"저는 아귀를 물리칠 자신이 있으니 어서 아귀가 있는 곳으로 데려가 주십시오."

공주는 청년을 아귀가 있는 곳이 아닌 뒷산 바위굴로 데려갔어요.

"이곳에 숨어 계시면서 우선 힘을 기르는 게 좋겠어요."

그리곤 커다란 바윗덩이를 가리켰어요.

"아귀는 저 바윗덩이를 공깃돌 다루듯 한답니다."

청년이 들어 보니 어찌나 무거운지 꿈쩍도 하지 않았어요. 하지만 밤마다 열심히 바윗덩이를 드는 연습을 했더니 한 달 뒤엔 바윗덩이를 공깃돌처럼 자유자재로 다루게 되었지요.

공주는 이번엔 산꼭대기에 있는 삼십 층짜리 돌탑을 가리키면서 말했어요.

"아귀는 저 탑 꼭대기까지 한 번에 펄쩍 뛰어 오른답니다."

청년은 겨우 한 층 오르기도 벅찼지만 밤마다 뛰었더니 한 달째 되는 날엔 꼭대기까지 한 번에 훌쩍 뛰어오르게 됐어요.

마지막으로 공주는 길이가 열 자나 되는 무쇠칼을 가리키면서 말했어요.

"이 칼은 아귀가 쓰는 칼입니다. 아귀는 이 칼을 마음대로 휘두르지요."

청년은 밤마다 무쇠칼 들기를 연습했고 한 달째 되는 날엔 드디어 그것을 뜻대로 다룰 수 있게 됐어요.

그러던 어느 날, 하늘에서 천둥 번개가 요란하게 치더니 땅이 지진이 난 것처럼 흔들렸어요. 아귀가 돌아오는 소리였어요. 공주는 얼른 밖으로 나가서 아귀를 맞아 푸짐한 술상을 차려 대접했어요. 연거푸 술잔을 기울인 아귀는 금세 취하였어요.

"아귀님. 궁금한 게 한 가지 있습니다."

"그게 무엇이냐?"

"아귀님은 세상에서 가장 힘이 센 분이니 아무런 약점도 없으시겠죠?"

아귀는 껄껄 웃으며 대답했어요.

"이 세상에 약점이 없는 자가 어디 있겠느냐? 너에게만 말해 주

겠다. 내 왼쪽 옆구리에 비늘이 두 개 있는데 그걸 떼어 내면 나도 힘을 쓰지 못하게 돼. 하지만 그걸 떼어 낼 놈은 이 세상에 아무도 없지."

아귀는 곧 술에 취해 잠이 들었어요.

그 틈을 타서 청년은 아귀의 무쇠칼을 공기처럼 가볍게 들어 얼른 아귀의 옆구리 비늘을 잘라 냈지요.

"누구냐!"

그러자 아귀가 잠에서 깨어 집채만 한 몸집을 일으켰어요. 청년은 재빨리 칼을 휘둘러 아귀의 팔을 댕강 베어 냈지요. 그랬더니 뚝 떨어져나간 팔이 도로 척 붙는 것이 아니겠어요? 이번엔 다시 아귀의 머리를 댕강 잘라 냈어요. 그랬더니 다시 머리가 휙 목에 가서 붙어 버렸어요. 마지막으로 청년은 힘차게 칼을 휘둘러 아귀의 머리를 뎅강 잘랐어요. 그때 공주가 재빨리 치마폭에 담아 온 매운 재를 아귀의 목에 뿌렸어요.

그제야 머리가 도로 목에 붙지 못하고 펄쩍펄쩍 뛰더니 곧 바다으로 툭 떨어져 버렸어요.

청년은 아귀가 도적질했던 금은보화를 가지고 땅속 나라의 입구로 갔어요. 그리고 우선 공주님을 안전하게 올려 보냈지요. 그런데 청년이 올라가려 하자 갑자기 무사들이 줄을 끌어올려 버리는 것이 아니겠어요? 무사들이 청년의 공을 가로채려는 것이었어요.

땅 위로 올라가지 못한 청년은 한참을 헤매다 강가에서 낚시를 하고 있는 백발 노인을 만났어요. 청년은 노인에게 어찌하면 땅 위로 올라갈 수 있느냐고 물었지요.

"아귀가 타고 다녔던 말을 타고 올라가면 되지요."

청년은 얼른 마구간으로 달려가 아귀의 말에 올라탔어요. 말은 호랑이보다도 잽싸고 독수리보다 빨랐어요. 청년은 단숨에 땅속 나라 입구로 올라왔지요.

한편 공주는 무사들의 손에 이끌려 궁궐로 돌아갔어요.

"청년은 아귀와 제대로 싸워 보지도 못하고 죽었지만 저희가 공주님을 구하고 금은보화를 되찾아 돌아왔습니다."

"오오. 수고 많았소. 과연 최고의 무사들이라 할 만 하오."

임금님은 무척이나 기뻐하며 무사들에게 큰 벼슬과 금은보화를 내렸어요.

그때 청년이 나타나 임금님 앞에 나아가 소리쳤어요.

"전하! 공주님을 구한 것은 저들이 아니라 바로 저입니다. 저들은 저를 땅속 나라에 가두고 제 공을 가로챈 간악한 놈들입니다."

공주도 소리쳤어요.

"아바마마! 저 분의 말이 모두 맞습니다. 저를 구해 주신 분은 바로 저 분이에요."

청년과 공주로부터 모든 이야기를 들은 임금님은 몹시 화를 내며 무사들에게 큰 벌을 내렸어요. 청년에게는 금은보화를 내린 뒤 공주와 혼인시켰답니다.

⏱ **청년은 아귀를 물리칠 힘을 길렀다. 누가 도와주었을까?**

공주가 청년을 뒷산 바윗굴에 숨긴 뒤 힘을 기르는 것을 도왔어요. 공주는 청년에게 커다란 바윗덩이 들기, 탑 꼭대기까지 한 번에 뛰어오르기, 열 자나 되는 무쇠칼 들기를 훈련시켰어요.

⏱ **아귀는 몸이 잘려도 되살아났다. 마지막으로 머리를 잘랐을 때, 누가 도와주었을까?**

공주가 치마폭에 담아 온 매운 재를 아귀의 목에 뿌려 머리가 다시 목에 붙지 못하게 하였어요.

⏱ **땅 위로 올라가지 못하게 된 청년을 누가 도와주었을까?**

낚시를 하고 있던 백발 노인이 도와주었어요. 노인은 아귀의 말을 타고 올라가면 된다고 알려 주었어요.

권율 장군을 누가 도와주었을까?

▲ 행주대첩비

보부상은 조선 시대 때 봇짐이나 등짐을 지고 전국을 걸어 다니면서 물건을 판 상인들을 말해요.

물건을 보자기에 싸서 다니는 상인들을, '보상' 혹은 '봇짐장수'라고 했어요. 지게에 물건을 지고 다니는 상인들을, '부상' 혹은 '등짐장수'라고 했어요. 보상과 부상을 합쳐서 보부상이라고 부르지요.

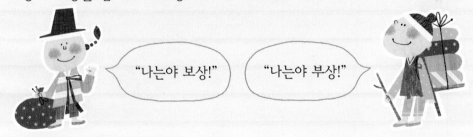

"나는야 보상!" "나는야 부상!"

그런데 보부상이 권율 장군의 목숨을 어떻게 구했을까요?

보부상은 똘똘 뭉치는 힘이 대단해 국가에 위기가 닥쳤을 때 나라에서 보부상에게 도움을 요청하는 일이 많았어요. 임진왜란 때도 수천 명의 보부상이 권율 장군이 싸우고 있는 행주산성에 양식을 가져다 주었답니다. 덕분에 권율 장군과 우리 군사들은 행주대첩을 성공으로 이끌 수 있었어요.

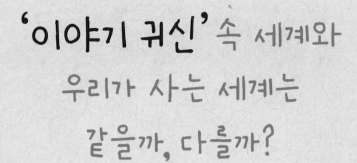

'이야기 귀신' 속 세계와 우리가 사는 세계는 같을까, 다를까?

옛날 아주 먼 옛날, 이야기 듣기를 좋아하는 총각이 살았어요. 이 총각은 누가 재미난 이야깃거리가 있다고 하면 자다가도 벌떡 일어날 정도로 이야기를 좋아했어요. 재미난 이야기를 듣고 나면 그 이야기를 종이에 적어 꼭 복주머니에 넣어 두었지요. 언제라도 다시 보려고 말이에요.

하지만 주머니 안에 들어간 이야기들은 무척 답답했어요. 세상 밖으로 나가고 싶었지요.

하루는 총각이 낮잠을 자고 있는데 옆에 있는 머슴의 귀에 어디서 두런두런 이야기하는 소리가 들리지 뭐예요?

"아이고, 답답해!"

"우리를 가둔 총각을 어떻게 골탕 먹이지?"

"며칠 뒤에 장가를 간다니, 그날 나는 먹음직스러운 배가 되어 나무에 매달려 있다가 이놈이 따 먹으면 독으로 변해서 죽게 할 거

야."

"나는 샘물로 변해서 기다리고 있다가 이놈이 떠먹으면 독으로 변해서 죽게 할 거야."

"나는 신부 집 마루에 바늘 방석으로 변해서 기다리고 있다가 이놈이 앉으면 찔려서 죽게 할 거야."

머슴은 깜짝 놀랐어요.

주머니 속 이야기들이 귀신이 되고 만 것이었어요.

마침내 총각이 장가를 가는 날이 되었어요.

말을 타고 한참을 신부 집으로 가던 총각은 출출해졌어요. 그때 먹음직스러운 배가 나무에 걸려 있는 것을 보았지요.

"저 배를 따 먹고 가야겠구나!"

"안 됩니다요. 지금 갈 길이 바빠서 그럴 시간이 없습니다요."

머슴은 들은 척도 않고 말을 채찍질했어요.

또 가다 보니 총각은 목이 몹시 말랐어요. 그때 시원해 보이는 샘물을 발견했어요.

"저 물을 마시고 가야겠구나!"

"안 됩니다요. 지금 갈 길이 너무 바빠서 그럴 시간이 없습니다요."

이번에도 머슴은 총각이 물을 마시지 못하게 했어요.

총각은 화가 났지만 장가 가는 날이니까 꾹 참았어요.

드디어 신부네 집에 도착했어요. 총각이 방석에 앉으려는데 머슴이 보니까 뾰족뾰족한 바늘이 잔뜩 꽂혀 있었어요.

총각의 궁둥이가 방석에 닿기 직전, 머슴이 방석을 냅다 빼 버렸어요.

"예끼! 요놈아. 이게 무슨 짓이란 말이냐?"

총각은 마침내 새 신부 앞에서 화를 버럭 내고 말았어요.

"그게 아니오라……."

그제야 머슴은 며칠 전 들었던 주머니 속 귀신들의 이야기를 들려 주었답니다.

"내가 이야기들을 가두어 두어 이런 일이 생기고 말았구나."

총각은 크게 반성하며 이야기 주머니를 열어 이야기들이 세상 밖으로 널리널리 퍼질 수 있게 했어요. 그리고 머슴을 친 아우처럼 아끼며 평생 행복하게 살았답니다.

🧭 위의 이야기 속 세계와 우리가 사는 세계, 무엇이 같을까?

• 사람들이 재미난 이야기를 좋아해요.
• 남자와 여자가 결혼을 해요.
• 맛있는 배와 샘물이 있어요.

🧭 위의 이야기 속 세계와 우리가 사는 세계, 무엇이 다를까?

• 귀신들이 살고 있어요. 주머니 속 이야기들이 귀신으로 바뀌어요.
• 신랑이 말을 타고 신부 집으로 혼례를 치르러 가요.
• 양반, 머슴과 같은 신분 제도가 있어요.

벨기에의 화가 르네 마그리트가
그린 「피레네의 성」이에요.
이스라엘 미술관에 가면
볼 수 있어요.

그림 속 세계는 어떨까?

하늘 위에 커다란 바위가 둥실 떠 있어요. 바위 꼭대기에는 돌로 지어진 멋진 성이 있어요.

이야기 속 세계와 우리가 사는 세계, 무엇이 같고 무엇이 다를까?

뭉게구름이 떠 있는 푸른 하늘이 있는 점은 같아요. 하지만 우리가 사는 세계는 바위가 하늘에 떠 있을 수 없고 그러므로 바위 위의 성도 있을 수 없어요.

그림 속 비밀

르네 마그리트는 초현실주의 화가였어요. 초현실주의란 꿈속의 모습처럼 비현실적인 상황을 자유롭고 기발하게 상상하여 표현하는 것을 말해요. 친숙하고 일상적인 사물을 의외의 장소에 나란히 두거나 크기를 바꾸고 생각을 뒤집어 이미지의 반란을 일으키지요.

9

일어난 일을
차례대로
말해 볼까?

'꽁지 닷 발 주둥이 닷 발'에서 일어난 일을 차례대로 말해 볼까?

옛날 아주 먼 옛날, 홀어머니와 아들이 사이좋게 살고 있었어요.

그런데 어느 날 아들이 장에 다녀와 보니 어머니가 감쪽같이 사라진 것이었어요. 아무리 샅샅이 찾아도 어머니가 보이지 않자 아들은 이웃 사람에게 물었어요.

"저희 어머니 못 보셨어요?"

"아이고, 왜 이제야 왔느냐? 네 어머니는 꽁지 닷 발 주둥이 닷 발 되는 커다란 새 두 마리에게 잡혀갔다."

아들은 당장 어머니를 찾으러 길을 떠났어요.

한참을 가다 보니 커다란 논에서 한 사내가 모를 심고 있었어요.

"혹시 저희 어머니 못 보셨어요?"

"보았지. 하지만 이 논에 모를 다 심어 주어야 가르쳐 주겠다."

그래서 아들은 모를 다 심어 주었어요. 사내는 고맙다며 볏짚 태운 재를 주며 말하였어요.

"저기 고개 너머로 넘어갔단다."

또 한참을 가다 보니 한 할아버지가 고추밭을 매고 있었어요.

"할아버지! 저희 어머니 못 보셨어요?"

"보았지. 하지만 이 고추밭을 모두 매 주어야 가르쳐 주지."

아들은 할 수 없이 팔을 걷어붙이고 고추밭을 매 주었어요. 할아버지는 고맙다며 고춧가루 한 봉지를 주며 말했어요.

"저기 고개로 넘어갔단다."

또 얼마를 가다 보니 다람쥐 한 마리가 도토리를 줍고 있었어요. 아들은 다람쥐에게 도토리 한 바가지를 주워다 주고는 어머니 간 곳을 알아냈어요. 다람쥐는 아들에게 도꼬마리 한 움큼을 주었지요.

또 한참을 가다 보니 까치 한 마리가 벌레를 잡아먹고 있었어요. 아들은 까치에게 벌레를 한 소쿠리 잡아다 주고는 어머니 간 곳을 알아냈어요. 까치는 아들에게 삭정이 한 단을 주었지요.

그렇게 해서 아들은 드디어 꽁지 닷 발 주둥이 닷 발 되는 커다란 새 두 마리가 사는 집에 도착했어요. 집 안으로 들어가니 어머니가 쇠창살에 갇혀 울고 있는 것이 아니겠어요?

"아들아! 이 쇠창살은 새들이 죽기 전에는 열리지 않는단다. 그러니 어쩌면 좋으냐?"

"걱정 마세요, 어머니. 제가 구해 드릴게요."

아들은 사내가 준 볏짚 태운 재를 방에다 뿌리고 마당에는 할아

버지가 준 고춧가루를 뿌렸어요. 부엌 바닥에는 다람쥐가 준 도꼬
마리를 뿌리고 아궁이에는 까치가 준 삭정이를 잔뜩 집어넣었지
요. 그러고 나서 벽장 속에 숨었어요.

잠시 후 꽁지 닷 발 주둥이 닷 발 되는 커다란 새들이 들어와 방
안에 누웠다가, 금세 재 때문에 콜록거렸어요.

"왜 이리 매캐하지? 마당에 나가 자야겠다."

마당에 눕자 이번엔 고춧가루 때문에 몹시 매웠어요.

"왜 이리 맵지? 부엌에 가서 자야겠다."

부엌에 눕자 이번엔 도꼬마리 때문에 등이 배겼어요.

"아, 따가워! 가마솥에 들어가 자자."

새들이 가마솥에 들어가자 아들이 벽장에서 나와 아궁이에 불을
지폈어요.

"아이고, 뜨거워! 새 살려라!"

"뜨거워 못 살겠네. 아이고!"

가마솥 안은 한바탕 난리가 나더니 이윽고 잠잠해졌어요. 새들이 새카맣게 타 버린 거예요. 새들이 죽자 쇠창살이 저절로 열렸고 아들과 어머니는 집으로 돌아와 행복하게 살았답니다.

주둥이가 닷 발, 꽁지가 닷 발이나 되는 새들은 죽어서 모기가 되었다고 해요. 사람한테 죽은 것이 억울한 모기들은 그래서 자꾸 사람을 문답니다.

🧭 일어난 일을 차례대로 말해볼까?

① 아들이 장에 다녀와 보니 어머니가 감쪽같이 사라졌어요.

⬇

② 이웃 사람에게 어머니가 새 두 마리에게 잡혀갔다는 이야기를 들었어요.

⬇

③ 모를 대신 심어 주고 사내에게 볏짚 태운 재를 받았어요.

⬇

④ 고추밭을 대신 매어 주고 할아버지에게 고춧가루를 받았어요.

⬇

⑤ 도토리를 주워 주고 다람쥐에게 도꼬마리를 받았어요.

⬇

⑥ 벌레를 잡아 주고 까치에게 삭정이를 받았어요.

⬇

⑦ 재, 고춧가루, 도꼬마리, 삭정이로 새 두 마리를 태워 죽였어요.

⬇

⑧ 어머니와 집으로 돌아와 행복하게 살았어요.

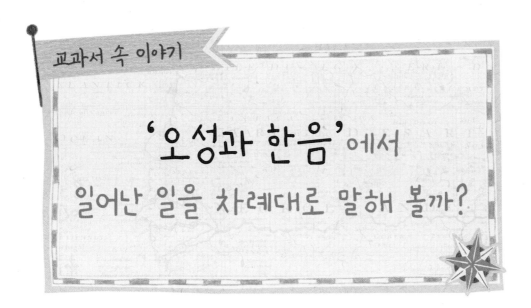

'오성과 한음'에서 일어난 일을 차례대로 말해 볼까?

오성이와 한음이는 둘도 없는 친구였어요. 어느 날 한음이가 오성이네 집에 놀러왔어요.

"저 감 참 맛있겠다!"

한음이는 담 너머에 있는 감을 가리켰어요. 감나무는 오성이네 집 마당에 있었지만 탐스러운 감이 달린 가지는 이웃집 담 너머로 넘어가 있었어요.

오성이가 감을 따려고 하자 이웃집 하인이 쫓아 나왔어요.

"왜 우리 집 감을 따시는 겁니까?"

"무슨 소리! 이건 우리 집 감나무야."

"보다시피 가지가 우리 집으로 넘어왔잖습니까? 그러니 그 감도 우리 집 것이지요."

오성과 한음은 기가 막혔어요.

감나무는 분명히 오성이네 집에 뿌리를 내리고 있는데 가지가 이웃집 담 너머로 넘어갔다고 해서 감이 이웃집 것이라니요!

"아무리 담 너머로 가지가 넘어갔어도 우리 집에서 심고 가꾼 것인데 무슨 말도 안 되는 소리인가?"

"아무튼 이 감은 절대로 딸 수 없습니다요."

한음이 물었어요.

"옆집에 누가 살고 있어?"

"권 판서 대감님이야."

권 판서는 임진왜란 때 행주대첩을 승리로 이끈 권율 장군의 아버지였어요. 권 판서는 인자하고 어질기로 소문이 자자했으나 하인들은 욕심이 많았어요.

"무슨 좋은 방법이 없을까?"

"옳지! 그거야!"

좋은 생각이 떠오른 오성과 한음은 권 판서 댁을 찾았어요.

권 판서 대감은 사랑방에서 책을 읽고 있었어요. 인기척을 느낀

권 판서가 물었어요.

"거기 누구 있느냐?"

"대감님. 전 이웃집에 사는 오성입니다. 저의 무례함을 용서하십시오."

오성은 창호지를 바른 문 안으로 팔을 쑥 들이밀었어요. 권 판서는 깜짝 놀랐어요.

"이게 무슨 짓이더냐?"

"대감님. 이 팔이 누구의 팔이옵니까?"

"그야 오성이 네 팔이지!"

"정말 그렇게 생각하십니까? 지금 제 팔이 대감님의 방 안에 들어가 있는데도요?"

"방 안에 있다 해도 네 몸에 붙어 있으니 네 팔이지."

권 판서가 이렇게 대답하자 오성은 방 안으로 들이밀었던 팔을 쑥 빼고는 사랑방 안으로 들어갔어요.

"대감님. 그렇다면 저 담 너머 감나무에서 이 댁으로 뻗어 나온 가지는 누구네 것입니까?"

"그거야 당연히 너희 것이지. 우리 집에 가지가 넘어왔다 해도 그 나무는 너희 집에서 심고 가꾼 것이 아니더냐?"

"그렇다면 왜 이 댁 하인들이 감을 못 따게 하지요?"

그제야 권 판사는 오성이 무엇 때문에 이런 행동을 했는지 깨달았어요.

"우리 집 하인들이 실수를 한 것 같구나. 하인 단속을 제대로 하지 못한 내 잘못도 있으니 내가 대신 사과를 하마."

권 판서는 하인들을 시켜 담을 넘어온 감나무에서 감을 모조리 따서 오성과 한음에게 가져다 주었어요.

그리하여 오성과 한음은 맛있는 감을 실컷 먹을 수 있었답니다.

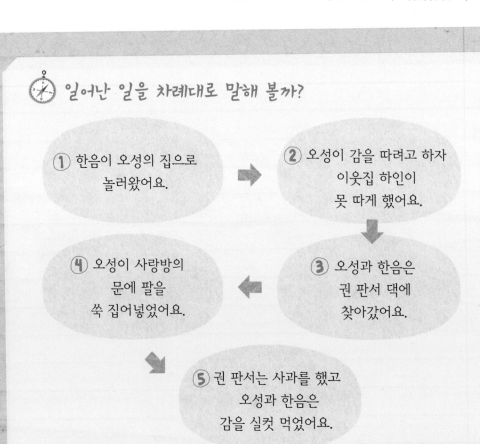

일어난 일을 차례대로 말해 볼까?

① 한음이 오성의 집으로 놀러왔어요.

② 오성이 감을 따려고 하자 이웃집 하인이 못 따게 했어요.

③ 오성과 한음은 권 판서 댁에 찾아갔어요.

④ 오성이 사랑방의 문에 팔을 쑥 집어넣었어요.

⑤ 권 판서는 사과를 했고 오성과 한음은 감을 실컷 먹었어요.

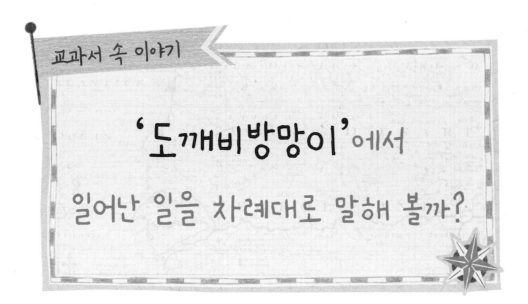

'도깨비방망이'에서 일어난 일을 차례대로 말해 볼까?

옛날 어느 마을에 마음씨 착한 농부가 살고 있었어요.

농부는 매일 산에 올라가 부지런히 나무를 해다가 늙고 병든 부모님을 봉양하였어요.

그날도 농부는 산에서 나무를 하고 있었어요. 그런데 어디선가 개암 한 알이 또르르 굴러왔어요. 농부는 개암을 주워 주머니에 넣었어요.

"맛있는 개암이네! 아버지 드려야지."

잠시 후 어디선가 개암 한 알이 또 굴러왔어요.

"어라? 이건 어머니 드려야겠군."

그런데 또 어디선가 개암 한 알이 굴러왔어요.

"정말 신기하네. 이건 내가 먹어야겠다."

그러다 그만 해가 지고 말았어요.

길을 잃은 농부는 깜깜한 산속을 헤매다 빈집을 발견했어요.

사실 이 빈집은
어두워지면 도깨비
들이 찾아와 밤새 놀다
가는 곳이었답니다.

밤이 깊어지자 도깨비들
이 하나둘 모여들었어요. 도깨비
들은 저마다 도깨비방망이를 하나
씩 가지고 있었는데 이 방망이를 두드
리면 무엇이든 생겨났어요.

"금 나와라, 뚝딱!"

하면 금덩어리가 쏟아지고,

"은 나와라, 뚝딱!"

하면 은덩어리가 쏟아졌어요.

농부는 숨을 죽이고 도깨비들이 노는 모습을 지켜보았어요.

그러다 농부는 배가 고파졌어요.

꾹 참아 보았지만 너무나 배가 고파서 농부는 주머니에서 개암
하나를 꺼냈어요.

개암을 깨물자 "타닥!" 하고 천둥 번개가 치는 것 같은 커다란
소리가 났어요.

"이…… 이게 무슨 소리야?"

"집이 무너지나 봐!"

"도망가자!"

도깨비들이 도망을 가자 농부는 도깨비방망이를 챙겨 산을 내려왔어요.

농부가 도깨비들이 하던 것처럼 "금 나와라, 뚝딱!"이라고 말하며 방망이를 휘두르자 눈 깜짝 할 사이에 금덩어리가 가득 생겨났어요. 착한 농부는 부자가 되었답니다.

한편, 이웃 마을에 욕심 많은 농부가 살고 있었어요. 욕심쟁이 농부는 마음씨 착한 농부의 이야기를 듣고 배가 아파서 견딜 수가 없었어요.

욕심쟁이 농부는 산에 가서 나무는 하지 않고 낮잠을 자고 놀기만 했어요.

"열심히 일하면 뭐 해! 도깨비방망이만 있으면 이까짓 나무는 평생 안 해도 되는 걸······."

그때 어디선가 개암 한 알이 굴러왔어요.

"맛있는 개암이네. 내가 먹어야지!"

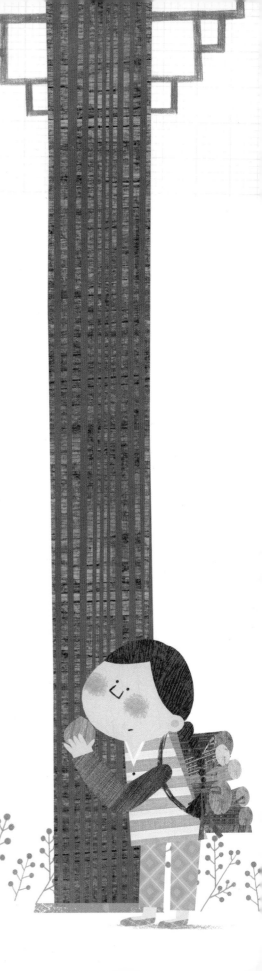

욕심 많은 농부는 얼른 개암을 주워 주머니에 넣었어요. 그때 어디선가 개암 한 알이 또 굴러왔어요.

"이것도 내가 먹어야지!"

그런데 신기하게도 어디선가 개암 한 알이 또 굴러왔어요.

"이것도 내가!"

이윽고 날이 저물자 욕심쟁이 농부는 빈집으로 들어가 숨었어요.

밤이 깊어지자 도깨비들이 하나둘 모여들었어요.

"금 나와라 뚝딱! 은 나와라 뚝딱!"

도깨비들은 도깨비방망이를 가지고 놀았어요.

배가 고파진 욕심쟁이 농부는 개암 하나를 꺼내 깨물었어요. 그러자 개암이 썩었는지 부시식 하고 김빠지는 소리가 났어요.

"이게 무슨 소리지?"

"혹시 우리 방망이를 훔쳐간 그놈이 나타난 거 아니야?"

"그놈을 잡아라! 잡아서 혼쭐을 내 주자!"

도깨비들은 숨어 있는 욕심쟁이 농부를 찾아냈어요.

"도깨비님. 방망이를 훔쳐간 건 제가 아니에요."

욕심쟁이 농부가 말했지만 도깨비들은 믿지 않았어요.

"이 놈을 어떻게 혼내 줄까?"

"납작하게 만들어 버릴까? 뚝딱!"

"길쭉하게 만들어 버릴까? 뚝딱!"

"뚱뚱하게 만들어 버릴까? 뚝딱!"

"빼빼하게 만들어 버릴까? 뚝딱!"

욕심쟁이 농부는 납작해졌다가 길쭉해졌다가 뚱뚱해졌다가 빼빼해졌다가 아주 혼쭐이 났어요.

새벽이 되어 도깨비들이 모두 사라지자 욕심쟁이 농부는 겨우 빈집에서 도망 나올 수 있었답니다.

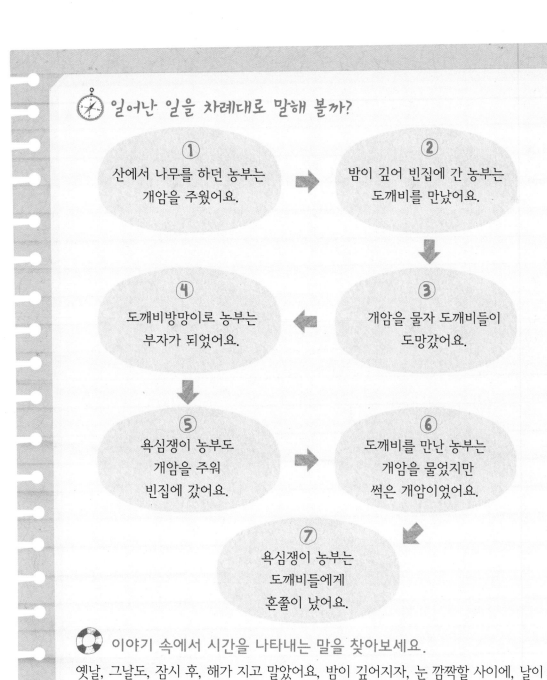

일어난 일을 차례대로 말해 볼까?

① 산에서 나무를 하던 농부는 개암을 주웠어요.

② 밤이 깊어 빈집에 간 농부는 도깨비를 만났어요.

③ 개암을 물자 도깨비들이 도망갔어요.

④ 도깨비방망이로 농부는 부자가 되었어요.

⑤ 욕심쟁이 농부도 개암을 주워 빈집에 갔어요.

⑥ 도깨비를 만난 농부는 개암을 물었지만 썩은 개암이었어요.

⑦ 욕심쟁이 농부는 도깨비들에게 혼쭐이 났어요.

이야기 속에서 시간을 나타내는 말을 찾아보세요.

옛날, 그날도, 잠시 후, 해가 지고 말았어요, 밤이 깊어지자, 눈 깜짝할 사이에, 날이 저물자, 새벽이 되어

'한 노인 이야기'에서 일어난 일을 차례대로 말해 볼까?

어느 시골에 한 노인이 살고 있었어요.

어느 날 노인이 아끼던 하나뿐인 말이 도망을 가 버렸어요.

"은혜도 모르는 말 같으니라고! 기껏 먹여 주고 키워 줬더니 도망을 가?"

"영감, 이제 먼 길을 어떻게 다니려고요?"

마을 사람들이 걱정해 주었지만 노인은 조금도 슬퍼하지 않았어요.

"전 괜찮습니다. 나쁜 일이 있으면 좋은 일도 있는 법이니까요."

노인의 말은 맞았어요. 며칠 뒤 도망갔던 말이 튼튼한 수말을 데리고 온 거예요.

이웃들이 축하를 해 주자 노인은 어찌된 일인지 근심어린 표정을 지었어요.

"기쁜 일인데 왜 그러십니까?"

"좋은 일이 있으면 나쁜 일도 있는 법이니까요."

노인의 말은 또다시 맞아떨어졌어요.

아들이 수말을 타고 놀다가 다리뼈가 부러져 절름발이가 돼 버린 거예요. 하지만 노인은 이번에도 슬퍼하지 않았어요.

"나쁜 일이 있었으니 곧 좋은 일도 생기겠지요."

1년 후, 오랑캐가 쳐들어왔어요.

다른 젊은이들은 전쟁에 나가 싸웠으나 그의 아들은 절름발이가 되었기 때문에 전쟁터에 나가지 않아도 되었답니다. 결국 아들만은 목숨을 건질 수 있었어요.

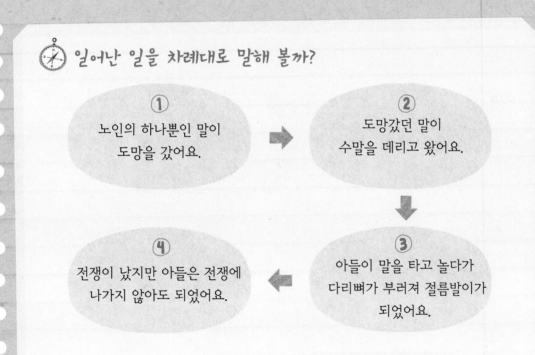

🧭 일어난 일을 차례대로 말해 볼까?

① 노인의 하나뿐인 말이 도망을 갔어요.

② 도망갔던 말이 수말을 데리고 왔어요.

④ 전쟁이 났지만 아들은 전쟁에 나가지 않아도 되었어요.

③ 아들이 말을 타고 놀다가 다리뼈가 부러져 절름발이가 되었어요.

🛟 사자성어 하나!

인생에는 좋은 일도 있었다, 나쁜 일이 있었다 하기 때문에 앞날을 예측할 수 없다는 뜻의 사자성어가 바로 새옹지마(塞翁之馬)예요. 새옹지마를 한자 그대로 풀이하면 '변방에 사는 늙은이의 말'이라는 뜻이 된답니다.

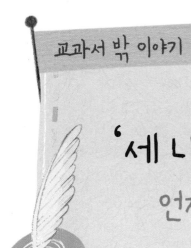

'세 나그네와 서낭신'은 언제 일어난 일일까?

세 나그네가 길을 가고 있었어요.

먼 길을 가야 하므로 재촉해서 걷다가 그만 날이 어두워지고 말았어요.

"이거 큰일이군. 하필 산길에서 해가 저물다니."

"날이 추워서 길가에서 자다간 얼어 죽을지도 모릅니다."

"호랑이를 만날 수도 있고요."

걱정을 하던 세 나그네는 곧 낡은 서낭당을 발견했어요.

서낭당은 신에게 제사를 지내는 곳이었어요.

"휴. 다행이네!"

"오늘 밤은 여기서 쉬어 가세나."

"좋습니다."

세 나그네는 서낭당 안으로 들어갔어요.

다 쓰러져 가는 서낭당이었지만 아늑하고 따뜻했어요.

나그네 중 가장 나이 많은 선비가 말했어요.

"손자야. 할아비 왔다. 오늘은 네 집에서 하룻밤만 묵어 가야겠구나."

그 다음으로 나이가 많은 선비도 말했어요.

"아들아. 하룻밤 편하게 쉬려고 왔으니 이 아비를 위해 추운 바람을 막아다오."

가장 어린 선비도 말했어요.

"아버지. 저도 왔어요. 오늘 밤 잘 쉬다 갈게요."

세 나그네는 서낭당에 살고 있는 서낭신에게 가족의 집처럼 잘 쉬다 가겠다고 이야기한 것이랍니다.

하루 종일 먼 길을 걸었던 세 나그네는 금세 잠에 빠져들었어요.

밤이 깊어지자 산에서 호랑이 한 마리가 어슬렁어슬렁 내려왔어요.

호랑이는 몹시 배가 고팠어요.

마침 서낭당 안에서 사람 냄새가 나자 반가운 마음에 서낭당 앞으로 왔어요.

"서낭당을 지키는 서낭신이시여. 문을 열어 주시오."

그러나 서낭신은 호랑이를 막아섰어요.

"안 된다."

"아니 왜 그러십니까? 배가 고파 죽겠습니다."

"안 된다니까? 지금 집 안에서 할아버지와 아버지, 그리고 아들이 자고 있어. 쉿! 조용히 하고 저리 썩 물러가!"

서슬 퍼런 서낭신의 호통에 호랑이는 그만 물러가 버렸어요.

 언제 일어난 일일까?

세 나그네가 길을 가다가 그만 날이 어두워져 낡은 서낭당에서 하룻밤 쉬어 가기로 했어요. 그러므로 이 이야기는 캄캄한 밤에 일어난 일이에요.

 만약 밤이 아닌 낮에 일어난 일이라면 다음 부분을 어떻게 바꾸어야 할까요?

세 나그네가 길을 가고 있었어요.
먼 길을 가야 하므로 재촉해서 걷다가 그만 날이 어두워지고 말았어요.
"이거 큰일이군. 하필 산길에서 해가 저물다니."
"날이 추워서 길가에서 자다간 얼어 죽을지도 모릅니다."
"호랑이를 만날 수도 있고요."
걱정을 하던 세 나그네는 곧 낡은 서낭당을 발견했어요.
"휴. 다행이네!"
"오늘 밤은 여기서 쉬어 가세나."

세 나그네가 길을 가고 있었어요.
밝았던 하늘이 갑자기 먹구름으로 뒤덮였어요. 곧 소나기가 쏟아졌어요.
"우비도 없는데 이거 큰일이군."
걱정을 하던 세 나그네는 곧 낡은 서낭당을 발견했어요.
"휴. 다행이네."
"비가 그칠 때까지 여기서 쉬어 가세나."

조선 시대의 대표적인 풍속 화가
신윤복의 「단오도」예요.

 언제 일어난 일일까?

　단옷날이에요. 흐르는 개울 안에서 기생들 네 명이 저고리를 벗고 목욕을 하고 있어요. 다른 한쪽에선 다른 여인이 그네를 타고 있어요. 예로부터 단옷날에는 이렇게 창포물에 머리를 감고 그네 놀이를 했답니다. 남자들은 주로 씨름 놀이를 하였어요.

 관련 있는 것끼리 선으로 연결해 보세요.

팥죽 ●　　　　　　　　　　　　● 추석

송편 ●　　　　　　　　　　　　● 동짓날

세배 ●　　　　　　　　　　　　● 설날

11

어디에서 일어난 일일까?

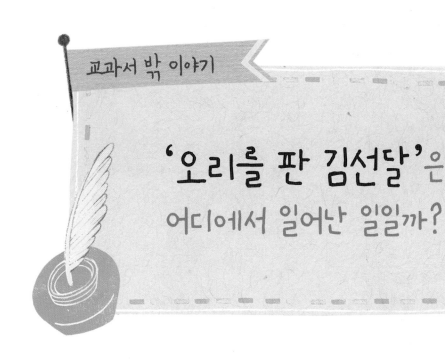

'오리를 판 김선달'은 어디에서 일어난 일일까?

옛날 옛적, 평양에 살던 김선달이라는 사람은 누구도 생각 못할 꾀로 사람들을 골탕 먹이기로 유명했어요.

어느 날 김선달은 대동강에서 오리 떼를 구경하고 있었어요.

오리들은 대동강에서 가을을 보내고 이제 따뜻한 나라로 떠날 준비를 하고 있었어요.

"이야~, 오리 한 마리에 한 푼씩만 팔아도 저게 다 얼마야?"

그때 마침 평양 구경을 온 것으로 보이는 시골 양반 하나가 대동강에 나타났어요. 김선달은 양반에게 다가갔어요.

"오리 떼들이 정말 장관이지요?"

"이야. 저 많은 오리의 주인이 당신이요?"

"그렇습니다."

김선달은 시치미를 뚝 떼고 말하였어요.

"굉장하군요. 전부 몇 마리지요?"

"4543마리랍니다."

김선달은 손바닥을 탁 치면서 외쳤어요.

"날아라!"

그러자 깜짝 놀란 오리들이 후두둑 하늘로 날아올랐어요.

"내려앉아라!"

마침 날갯짓을 멈춘 오리 떼들이 사뿐히 강가에 내려앉았어요.

"잘 길들여진 오리들이군요. 저런 오리들이 내 것이라면 얼마나 좋을까……?"

"아, 그렇다면 싼 값에 몇 마리 팔지요. 안 그래도 너무 많아서 좀 팔려던 참이었습니다."

"그게 정말이요?"

양반은 그 자리에서 대동강가의 오리 절반을 김선달에게 구입하였어요.

다음 날 아침, 자신의 오리 떼를 보러 다시 대동강에 온 양반은 그만 깜짝 놀라고 말았어요.

"어? 내 오리! 내 오리들이 다 어디 갔지?"

오리들은 이미 따뜻한 나라로 떠난 후였답니다.

🧭 **어디에서 일어난 일일까?**

평양의 대동강에서 일어난 일이에요.

🛟 **이 이야기가 강이 아닌 바다에서 일어났다면, 오리는 무엇으로 바뀔까요?**

예) 고래, 고등어, 갈매기 등등

🛟 **'오리를 판 김선달'은 우연의 일치로 일어난 일이에요!**

김선달이 손바닥을 탁 치면서 외치자 깜짝 놀란 오리들이 후두둑 날아올랐어요. 그리고 "내려앉아라!"라고 외치자 오리 떼들이 사뿐히 강가에 내려앉았지요. 이는 오리들이 김선달의 말을 알아듣고 행동한 것이 아니라 우연의 일치로 일어난 일이에요. 아무런 원인과 결과의 관계가 없이 뜻하지 않게 일어난 일을 우연이라고 하지요.

🧭 고려의 무역항 벽란도에서 일어난 일이에요!

고려는 세계적으로 번성한 나라였어요. 여러 나라와 자유롭게 무역을 하며 나라의 힘을 키웠답니다.

고려 최대의 무역항은 벽란도였어요.

벽란도에는 외국 상인들이 장사를 위해 많이 찾아왔어요. 가깝게는 중국과 일본, 멀게는 아라비아, 베트남에서까지 찾아왔어요. 그래서 벽란도 근처에는 벽란정이라는 여관이 있어 외국 사신들과 상인들이 묵어 갔지요.

벽란도가 고려 최대의 무역항이 될 수 있었던 이유는 고려의 수도 개성과 가까운데다 물이 깊어 큰 배가 자유롭게 드나들 수 있었기 때문이에요.

고려는 다른 나라에 인삼과 비단, 나전칠기, 종이 등을 팔았고, 다른 나라로부터 문방구와 약재, 모피 등을 사들였답니다.

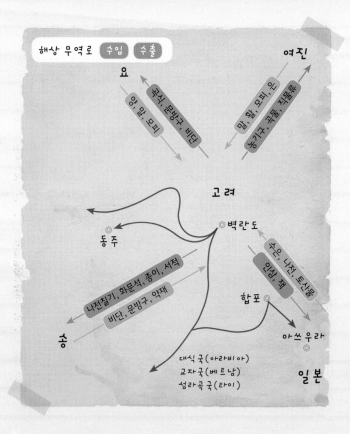

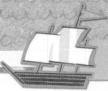

🧭 버뮤다 삼각 지대 미스터리, 어디에서 일어난 일일까?

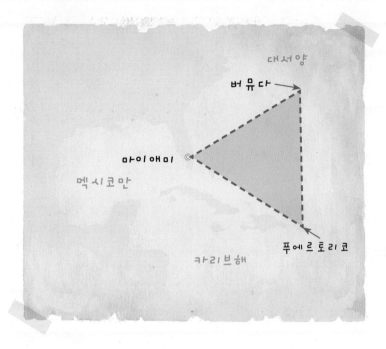

버뮤다 삼각 지대는 북서 대서양 지역의 버뮤다 제도와 플로리다, 푸에르 토리코를 이으면 만들어지는 삼각형 꼴의 바다를 말해요.

여기에서는 배와 비행기 사고가 자주 일어나는데, 그 원인을 찾을 수 없어서 세계적인 미스터리로 불린답니다. 1609년부터 지금까지 이 버뮤다 삼각지대에서 17척의 배와 15척의 비행기가 감쪽같이 사라져 버렸어요.

놀라운 것은 이 해역에서 사고가 일어나면 배와 비행기의 파편이나 실종자의 흔적조차 찾을 수 없다는 점이에요.

일부 과학자들은 버뮤다 삼각 지대가 자기장의 변화가 심한 곳이라 항공기의 전자 장비를 마비시켰다고 주장하기도 했어요. 또 다른 과학자들은 바다속에 숨겨진 거대한 메탄가스가 대기 중의 산소와 만나 불이 붙기 때문이라고 주장하기도 했지요.

많은 사람들이 이 일의 원인을 두고 연구를 했지만 아직까지 분명하게 밝혀진 과학적 근거는 없습니다.

'저승 곳간과 덕진 다리'의 등장인물은 어디에서 어디로 이동했을까?

옛날 옛적, 전라남도 영암에 있는 어느 마을에 덕진이라는 이름을 가진 마음씨 고운 소녀가 살고 있었어. 덕진이는 어찌나 마음이 비단결인지 가난하게 살면서도 뭐든 남을 도울 일이 있으면 발 벗고 나섰어.

그런데 이 마을의 늙은 사또는 덕진이와는 정반대였어. 평생 자기 것을 절대로 남 줘 본 일이 없고, 거지가 오면 복 달아난다며 소금을 뿌렸어. 그러니 마을 사람들의 존경을 받기는커녕 인색하다며 수군거리는 소리에 늘 귀가 간지러웠지.

어느 날이었어. 늙은 사또가 잠을 자는데 검은 한복을 입은 저승사자 둘이 방으로 들어와 사또를 깨웠어.

"일어나 보게. 우리와 갈 데가 있어."

사또는 어이쿠, 내가 이렇게 죽는구나 싶어 눈앞이 캄캄했어.

염라대왕 앞에 붙들려 가 무릎을 꿇고 앉으려니 염라대왕이 고

개를 갸우뚱하며 한다는 말이,

"아니 넌 아직 올 때가 안 됐는데 왜 왔느냐?"

하지 뭐야.

"이거 큰일이구나. 앞으로 삼십 년은 더 넉넉히 살 사람인 것을. 이 사람을 어서 이승으로 돌려보내도록 하라."

"예, 염라대왕 마마."

사또는 가슴을 쓸어내리며 저승사자들과 대궐을 나왔어.

"허허. 자네를 이렇게 실수로 데려온 것은 미안하지만, 이거 문제가 하나 있네. 이승으로 다시 가려면 노잣돈이 있어야 한단 말이지."

"자다가 끌려 나왔으니 아무것도 못 가지고 왔습니다."

"걱정 말게. 이 저승에도 자네의 곳간이 있으니 거기에 있는 돈을 좀 꺼내 쓰면 될 것이야."

저승사자를 따라 간 곳엔 수 없이 많은 곳간이 있었어.

"저게 자네 곳간이구만."

저승사자가 가리킨 쪽을 본 사또는 기겁을 했어. 손바닥만 한 크기의 곳간 하나가 다 쓰러질 것처럼 서 있었거든. 안을 들여다보니 겨우 볏짚 한 단만이 덩그러니 놓여 있었어.

"다른 사람들 곳간은 크기도 크고 갖은 재물이 다 들어 있는데 제 곳간은 왜 이 모양입니까?"

"쯧쯧. 왜긴 왜야. 이 저승 곳간에는 이승에서 남에게 베푼 것이 그대로 쌓인다네. 자네는 이승에서 참으로 인색했던 모양이야. 남에게 겨우 볏짚 한 단밖엔 준 일이 없으니 말일세."

사또는 그제야 생각이 났어. 이웃 사람 하나가 망태기를 빌리러 왔기에 눈에 보이는 볏짚 한 단을 던져 주며 만들어 쓰라고 되돌려 보냈거든.

"이럴 줄 알았으면 남을 좀 도우며 살걸."

이제와 후회해 봤자 무슨 소용이겠어. 이제 노잣돈이 없어 꼼짝없이 저승에 갇힐 판국인걸.

그때 저승사자가 말했어.

"방법이 하나 있긴 하네. 자네와 같은 마을에 사는 덕진이라는 아이의 곳간에는 돈이 아주 많으니 그걸 좀 빌려 쓰는 수밖에. 단, 빌린 것은 덕진이에게 꼭 갚아 주어야 하네."

저승사자를 따라 덕진이의 곳간 앞으로 간 사또는 그만 입이 떡 벌어졌어.

으리으리하게 큰 곳간 안에 돈이며 곡식이며 옷이며 물건이며 천장이 닿을 정도로 빼곡하게 쌓여 있었던 거야.

"덕진이란 아이는 가난하지만 남을 아주 많이 도운 모양이야. 이렇게 곳간이 가득 찬 걸 보면 말이야."

"이 아이는 훗날 저승에 오게 되면 아주 떵떵거리며 살 걸세."

사또는 덕진이의 곳간 안에서 돈 이백 냥을 빌려 가지고 나왔어. 그리고 그 돈으로 노자를 삼아 무사히 이승으로 돌아왔지.

죽은 줄 알았던 사람이 관 속에서 일어나 걸어 나오니 곡을 하던 가족들이 깜짝 놀라 뒤로 나자빠졌어.

사또는 당장 덕진이를 들라 일렀지.

사또는 덕진이에게만 조용히 자신에게 있었던 일을 설명하곤 저승에서 빌린 200냥을 내 주었어.

"이건 네 곳간 속에서 빌린 돈이니 받아 두어라."

"아니에요. 다시 되돌려 받으려고 남에게 베푼 것이 아니니까요."

사또는 덕진이의 착한 마음씨에 감동받았어.

"그렇다면 내가 너의 소원 하나를 들어주마."

"소원이요? 꼭 하나 소원이 있긴 한데……."

"그것이 무엇이더냐?"

"저기 강가에 다리가 없어서 마을 사람들이 비가 와서 물이 불면 강을 건너지 못해 몹시 고생이에요. 강에 다리 하나만 놓아 주세요."

사또는 당장 강에 다리를 놓으라고 명을 내렸어. 그 다리는 아주 튼튼하게 지어졌는데 사또는 그 이름을 덕진 다리라고 지었대.

이후로 사또는 아주 딴 사람이 됐어. 죽는 날까지 덕진이가 준 교훈을 잊지 않고 마을 사람들의 어려움을 발 벗고 나서서 도와주었대. 그러니 사또의 저승 곳간도 덕진이의 곳간만큼이나 가득 찼겠지?

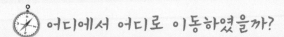

어디에서 어디로 이동하였을까?

어느 마을의 늙은 사또가 잠을 자는데 저승사자가 나타나 사또를 저승으로 데려갔어요. 하지만 사또는 저승에서 덕진이에게 돈을 꾸어서 다시 마을로 돌아왔어요.

진짜 있었던 일일까요?

이야기는 전라남도 영암에서 내려오는 전설이에요. 전설은 입에서 입으로 전하며, 한 지역의 자연·문화·인물 등을 다루고 있는 이야기를 말해요. 전설은 상상을 바탕으로 꾸며진 이야기로 실제로 일어났던 일이라기보다는 실제로 일어났다고 믿어지는 이야기랍니다. 덕진 다리와 같은 실제 지명은 전설이 진짜일 거라는 사람들의 믿음에 힘을 실어 주어 이야기를 더욱 재미있고 그럴듯하게 만들어 준답니다.

• 지명 : 마을이나 지방, 산천, 지역 따위의 이름

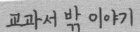

'금강초롱' 이야기 속 주인공은 어디에서 어디로 이동했을까?

금강산 골짜기에 부모님을 여읜 오누이가 단 둘이 살고 있었어요. 오누이는 사이가 무척 좋았지만 누나가 병에 걸려 자리에 눕고 말았답니다.

"누나! 이 약을 좀 먹어 봐."

"나 때문에 어린 네가 고생하는구나."

동생은 좋다는 약은 모두 구해다가 누나에게 먹였지만 누나는 쉽게 자리에서 일어나지 못했어요.

그러던 어느 날 동생이 약초를 찾아 금강산을 헤매다가 백발 할아버지를 만났어요. 할아버지는 동생의 이야기를 듣고는 이렇게 말했어요.

"네 누나의 병을 낫게 할 방법이 하나 있긴 하단다."

"정말요? 그 방법이 뭔가요?"

"안타깝게도 저 달에 있는 계수나무 열매를 따다 먹여야만 나을 수 있어. 하지만 달이 너무 높은 곳에 있으니 원……."

동생은 곧장 누나에게 달려갔어요.

"누나! 누나의 병을 낫게 할 열매가 저 달에 있대. 금강산 비로 봉에 올라가면 달에 갈 수 있을 거야."

비로봉은 금강산에서 가장 높고 험한 봉우리였어요. 누나는 동 생을 말리려 했지만 동생은 서둘러 길을 떠났어요.

동생은 한참 만에 비로봉에 올랐어요. 하지만 비로봉에서도 달 은 너무 멀리 있었어요. 동생은 까마득한 달을 보며 눈물을 흘렸 어요.

그때 하늘나라 선녀님이 동생 앞에 나타났어요.

"내가 너를 위해 사다리를 내려 주마. 사다리를 타고 하늘로 오 르렴. 하지만 이 사실을 옥황상제님이 아시면 큰 화를 입을 거야. 그러니 서두르렴!"

"감사합니다. 감사합니다."

동생은 사다리를 타고 밤하늘을 올라 드디어 달에 도착했어요.

달에는 옥토끼가 계수나무 아래에서 방아를 찧고 있었어요. 동 생은 옥토끼에게 계수나무 열매 하나를 얻었어요.

"서두르세요. 곧 옥황상제님이 세상을 둘러보러 나오실 시간이 에요."

"감사합니다."

동생은 열매를 품에 품고 다시 사다리를 타고 내려가기 시작했 어요.

그때 하늘에서 우레와 같은 고함소리가 들려왔어요.

"감히 하늘나라에 인간이 들어오다니! 큰 벌을 내리겠도다!"

옥황상제가 지팡이로 사다리를 내려쳤어요.

"으아악!"

그 순간 사다리가 두 동강이 나면서 동생은 떨어져 죽고 말았어요.

한편 누나는 동생이 돌아오지 않자 걱정이 되어 초롱을 들고 비로봉으로 나왔어요. 동생이 오는지 하늘을 올려다보던 누나는 그만 하늘에서 떨어지는 동생을 보게 되었어요.

"동생아!"

누나는 너무 놀라서 그만 심장이 멎어 버렸어요.

얼마 뒤 누나가 죽은 자리에서 꽃 한 송이가 피어났는데 초롱을 들고 있는 누나의 모습을 꼭 닮아 있었어요.

사람들은 이 꽃을 금강초롱이라고 불렀답니다.

🧭 동생은 어디에서 어디로 이동했을까?

집에서 비로봉으로, 비로봉에서 다시 하늘나라로 이동했어요.

🧭 동생은 왜 비로봉으로 이동했을까?

아픈 누나를 낫게 할 약이 하늘나라에 있다는 것을 알고 하늘나라로 오르기 위해 가장 높은 봉우리인 비로봉으로 이동했어요. 그곳에서 하늘나라 선녀님을 만나 사다리를 타고 하늘에 오르게 되지요.

🧭 동생이 걱정되었던 누나는 어디에서 어디로 이동했을까?

집에서 비로봉으로 이동했어요. 그곳에서 옥황상제의 벌을 받아 하늘에서 떨어져 내리는 동생을 보고 놀라 그만 심장이 멎어 버렸답니다.

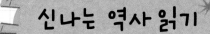

 빵은 어디에서 어디로 이동하였을까?

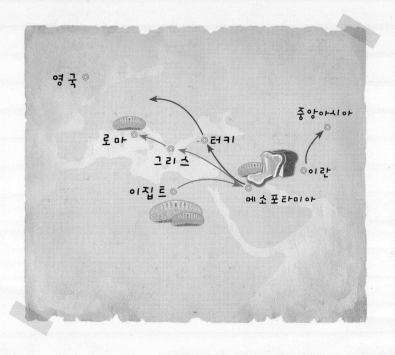

맛도 모양도 다양한 빵은 이 세상에 있는 어떤 음식보다도 긴 역사를 가지고 있어요. 빵의 가장 중요한 재료는 밀가루예요. 밀 농사는 기원전 1만 5천 년부터 기원전 1만 년경에 지금의 이스라엘과 이라크가 있는 메소포타미아에서 시작되었어요. 춥고 건조한 곳에서 잘 자라는 밀은 중앙아시아를 거쳐 중국 북부로, 서쪽으로는 유럽까지 전해졌지요. 지금도 대부분의 유럽, 미국, 캐나다 사람들은 밀을 주식으로 먹는답니다.

빵을 굽는 기술은 밀에 효모를 넣으면서 발달했습니다. 반죽에 설탕, 달걀, 버터, 우유, 향료 등의 재료를 혼합하면서 빵의 종류도 셀 수 없을 만큼 다양해졌어요. 효모를 넣고 빵을 만드는 기술은 이집트에서 메소포타미아 지역으로 전해졌고, 훗날 예루살렘에서 서쪽으로 기독교가 전파되면서 빵을 만드는 기술도 함께 전해졌답니다.

'이상한 샘물'에서는 무슨 일이 일어났을까?

옛날 아주 먼 옛날, 어느 마을에 할아버지와 할머니가 살고 있었어요. 할아버지와 할머니에게는 남모를 소원 하나가 있었는데 바로 귀여운 자식 하나를 갖는 것이었지요. 부부는 산을 찾아다니며 신령님께 기도를 드렸어요.

"비나이다. 비나이다. 신령님께 비나이다."

"비나이다. 비나이다. 제발 떡두꺼비 같은 자식 하나만 갖게 해주세요."

그러던 어느 날 할아버지가 산에 나무를 하러 갔어요. 어디선가 아름다운 새소리가 들렸어요. 할아버지는 새소리를 따라 자꾸만 깊은 산속으로 들어갔어요.

그런데 새가 사뿐히 내려앉은 나뭇가지 아래로 맑은 옹달샘이 보였어요.

"거참 시원해 보이는구나."

마침 목이 말랐던 할아버지는 옹달샘의 물을 가득 떠서 꿀꺽꿀꺽 마셨어요.

물이 어찌나 시원한지 마시자마자 기운이 솟아났지요.

해가 지기 시작하자 할아버지는 서둘러 산을 내려왔어요.

그런데 할아버지를 본 할머니가 깜짝 놀라는 것이었어요.

"누… 누구세요?"

"왜 그러시오? 나요, 나."

"목소리는 우리 영감인데 얼굴은 젊었을 때 모습 그대로구려!"

그제야 할아버지도 자신의 얼굴을 만져 보았어요.

놀랍게도 쭈글쭈글 주름살 대신 매끈하고 팽팽한 피부가 만져졌어요.

이튿날 날이 밝자 할아버지는 할머니를 옹달샘으로 데려가 샘물을 가득 떠서 마시게 했어요. 그러자 할머니도 곧 젊은 새댁으로 변하였어요.

젊은 부부가 된 할아버지와 할머니는 무척 정답게 살았답니다.

그러던 어느 날, 이웃 마을에 사는 욕심쟁이 영감이 소문을 듣고 찾아왔어요.

할아버지와 할머니에게 모든 이야기를 모두 들은 영감은 배가 아파 견딜 수가 없었어요.

"나도 젊어질 테야!"

영감은 당장 젊어지는 옹달샘을 찾아갔어요.

욕심쟁이 영감은 젊어지고 싶은 욕심에 자꾸만 샘물을 마셨어요. 너무 많이 마신 나머지 영감은 배가 불렀고 곧 잠이 들고 말았어요.

한편 젊어진 할아버지와 할머니는 영감의 소식이 궁금해 옹달샘으로 찾아갔어요.

그런데 옹달샘 옆에 웬 갓난아이가 욕심쟁이 영감이 입고 있던 한복 속에 파묻혀 울고 있는 게 아니겠어요?

"어머나! 옹달샘을 너무 많이 마셔서 그만 아기가 되고 말았나 봐요."

"여보. 우리 이 아기를 데려다가 기르는 게 어떨까요?"

"좋아요. 정직하고 바르게 키워 봅시다."

아기도 생긴 부부는 오래도록 행복하게 살았답니다.

🧭 할아버지가 옹달샘의 물을 마시자 무슨 일이 일어났을까?
다시 젊어져서 기운이 솟아나고 주름살이 가득했던 피부가 매끈하고 팽팽해졌어요.

🧭 할머니가 옹달샘의 물을 마시자 무슨 일이 일어났을까?
할머니도 곧 젊은 새댁으로 변하였어요.

🧭 욕심쟁이 영감이 물을 마시자 무슨 일이 일어났을까?
욕심을 부려 물을 너무 많이 마시는 바람에 갓난아기가 되었어요.

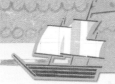

해바라기 씨

정지용

해바라기 씨를 심자.
담모퉁이 참새 눈 숨기고
해바라기 씨를 심자.

누나가 손으로 다지고 나면
바둑이가 앞발로 다지고
고양이가 꼬리로 다진다.

우리가 눈 감고 한밤 자고 나면
이슬이 내려와 같이 자고 가고

우리가 이웃에 간 동안에
햇빛이 입맞추고 가고.

해바라기는 첫새악시인데
사흘이 지나도 부끄러워
고개를 아니 든다.

가만히 엿보러 왔다가
소리를 꽥! 지르고 간 놈이
오오 사철나무 잎에 숨은
청개구리 고놈이다.

🧭 담모퉁이에서 무슨 일이 일어났을까?
나와 누나와 바둑이와 고양이가 해바라기 씨를 심었어요.

🧭 우리가 한밤 자는 동안 무슨 일이 일어났을까?
이슬이 내려와 해바라기 씨와 같이 자고 갔어요.

🧭 우리가 이웃에 간 동안에 무슨 일이 일어났을까?
햇빛이 해바라기 씨에 입맞추고 갔어요.

🧭 내가 해바라기 씨를 가만히 엿보러 왔을 때 무슨 일이 일어났을까?
청개구리가 소리를 꽥 지르고 가서 사철나무 잎에 숨어 버렸어요.

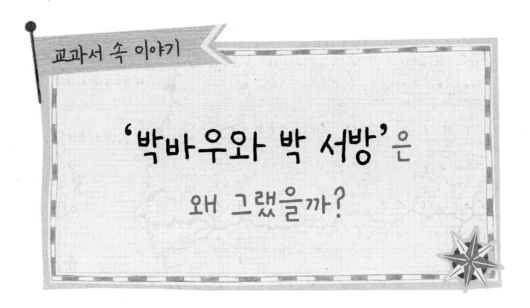

'박바우와 박 서방'은 왜 그랬을까?

옛날 어느 마을에 고기 파는 일을 하는 박바우라는 사람이 살고 있었어요.

어느 날 젊은 선비 둘이 고기를 사러왔어요.

먼저 온 선비는 박씨에게 이렇게 말하였어요.

"바우 놈아. 소고기 한 근 다오."

"알겠습니다요."

박씨는 선비에게 고기를 잘라 주었어요.

뒤이어 들어온 선비는 깍듯한 태도로 박씨에게 말하였어요.

"박 서방. 소고기 한 근만 주시오."

"예! 물론입지요."

박씨는 웃으면서 고기를 잘라 주었어요.

먼저 산 선비가 자기의 고기와 비교해 보더니 화를 내며 말하였어요.

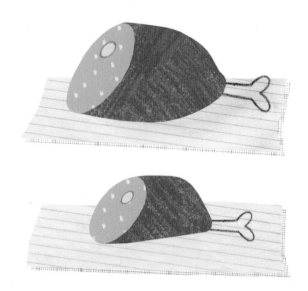

　"야! 바우 놈아. 똑같이 한 근인데 왜 저 선비의 고기가 질도 더 좋고 양도 많은 게냐?"

　박씨가 대답했어요.

　"손님의 것은 바우 놈이 자른 것이고, 이 분 것은 박 서방이 자른 것이라 그렇습니다요."

　화를 내던 선비는 그만 얼굴이 붉어져서 아무 말도 못하고 돌아가고 말았어요.

🕐 화를 낸 선비, 왜 그랬을까?
똑같이 한 근인데 다른 선비의 고기가 더 질이 좋고 양도 많았기 때문이에요.

🕐 두 손님에게 각각 다르게 고기를 준 주인, 왜 그랬을까?
한 손님은 자신을 바우 놈, 다른 손님은 박 서방이라 불렀기 때문이에요.

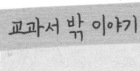

'꽃병을 깨뜨린 이유'에서 왕은 왜 그랬을까?

어느 나라의 왕이 꽃병 하나를 선물 받았어요.

"오호. 이렇게 아름다운 꽃병은 처음 보는구나."

왕은 몹시 기뻐하며 큰 상을 내렸어요.

쨍그랑!

하지만 며칠 뒤 꽃병은 깨져서 산산조각이 나고 말았답니다.

"누가 깨뜨린 것이옵니까?"

"당장 잡아내어 큰 벌을 내리도록 하겠습니다."

신하들은 앞다투어 범인을 찾아내려 했지요.

하지만 왕이 말했어요.

"이 꽃병을 깨뜨린 사람은 바로 나다."

"대체 그 이유가 무엇이옵니까?"

"그토록 아끼시던 꽃병 아니옵니까?"

모두들 깜짝 놀랐지요.

왕이 대답했어요.

"이 꽃병은 아름답지만 유리로 만든 것이기에 쉽게 깨지겠지. 만약 신하 중 하나가 실수로 이 꽃병을 깨트린다면 나는 아마 화를 참지 못하고 그에게 큰 벌을 내리고 말 거야. 이 꽃병이 신하보다 더 중요할까? 훌륭한 신하에게 벌을 내리는 잘못을 저지르는 것보다 지금 내 손으로 이것을 깨 버리는 것이 낫다."

🧭 왕이 스스로 아끼는 꽃병을 깨트렸다. 왜 그랬을까?

왕은 만약 누군가 실수로 꽃병을 깨트린다면 화를 참지 못하고 큰 벌을 내릴 것이라 생각했어요. 훌륭한 신하에게 벌을 내리는 실수를 저지르지 않기 위해 왕은 스스로 꽃병을 깨 버렸어요.

모란꽃이 향기가 없는 꽃이라고 한 선덕 여왕, 왜 그랬을까?

서기 632년 신라에 최초의 여왕이 탄생하였어요.

신라의 진평왕이 아들 없이 세상을 떠나자 둘째 딸이자 성골이었던 덕만 공주가 여왕에 즉위하게 된 것이에요.

신라 시대에는 골품제라는 신분 제도가 있었어요. 왕족과 왕족이 결혼하여 낳은 자식은 성골, 왕족과 귀족이 결혼하여 낳은 자식은 진골이었어요. 오로지 성골 출신만이 왕이 될 수 있었는데 갈수록 성골의 수가 줄어 남은 성골은 덕만 공주뿐이었던 것이지요.

덕만 공주는 비록 여자였지만 유일한 성골로서 당당히 왕위에 올랐어요.

선덕 여왕은 왕위에 오르자마자 가난한 백성들에게 곡식을 나누어 주었어요. 또한 분황사와 황룡사 9층 석탑을 세워 불교를 튼튼히 했으며 유학생을 당나라에 보내 선진 문물을 배워 오도록 했어요. 동양에서 가장 오래된 천문대인 첨성대를 세워 과학 발전에도 힘썼어요. 이 모든 업적은 훗날 신라가 삼국 통일을 이룩하는 데 큰 기틀이 되었지요.

▲ 첨성대

한편 당나라에서는 선덕 여왕을 여자라고 얕보기 일쑤였어요.

어느 날 당나라 왕이 선덕 여왕에게 모란꽃 그림을 보내왔어요.

"꽃은 아름다우나 향기가 없는 꽃이로구나."

꽃을 그린 그림에 나비가 한 마리도 보이지 않자 선덕 여왕이 말했어요. 이 이야기를 전해 들은 당나라의 황제는 은근히 여자라고 무시했던 여왕의 현명함에 크게 놀랐고 다시는 여왕을 얕보지 않았답니다.

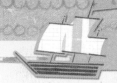

땅감나무

권태응

키가 너무 높으면

까마귀 떼 날아와 따 먹을까 봐

키 작은 땅감나무 되었답니다.

키가 너무 높으면

아기들 올라가다 떨어질까 봐

키 작은 땅감나무 되었답니다.

🧭 키 작은 땅감나무, 왜 그랬을까?

까마귀가 따 먹지 말라고 그랬어요. 아기들 다치지 말라고 그랬어요.

• 땅감: 토마토의 옛말

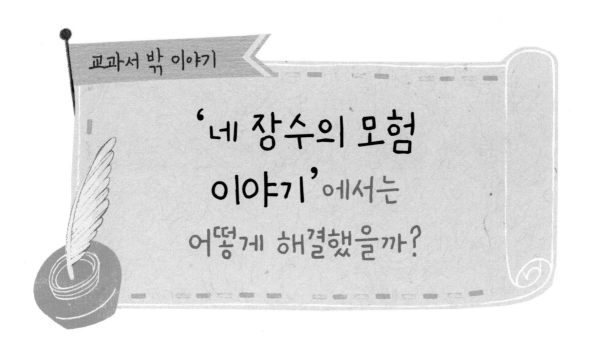

'네 장수의 모험 이야기'에서는 어떻게 해결했을까?

옛날 아주 먼 옛날에 할아버지와 할머니가 자식도 없이 외롭게 살고 있었어.

둘은 매일 밤 아이 하나만 갖게 해 달라고 기도했어. 삼신할머니가 소원을 들어주셨는지 곧 떡두꺼비 같은 아이가 태어났어.

그런데 참 이상한 일이지 뭐야? 아이가 첫 돌이 지나고 두 돌이 지나도 말도 못 하고 걷지도 못하는 거야. 그렇게 몇 년이 흘렀어. 이제 같은 해 태어난 동네 아이들은 산에 가서 나무를 해 오고, 천자문을 외는데 이 아이는 여전히 일어나 앉지도 못했지.

그래도 할아버지와 할머니는 상관없었어. 아이가 남들처럼 말도 못하고 걷지 못하면 어때. 하늘이 내려준 소중한 아이니까 불면 날아갈까 만지면 깨질까 고이고이 어르고 달래며 귀하게 키웠어.

그런데 어느 날 아침, 눈을 떠 보니 이불 속에 아이가 없는 것이었어.

"에구머니나! 여보! 아이가 없어졌어요!"

정말 큰일이다 싶어서 두 부부가 눈이 벌개져서 아이를 찾아다니는데,

"어머니! 아버지!"

글쎄 어제까지만 해도 말도 못 하고 걷지도 못하던 아이가 뒷산 바위 위에 떡하니 올라앉아 또랑또랑한 목소리로 제 부모를 부르고 있지 뭐야?

부부는 깜짝 놀라 뒤로 나자빠졌어.

집으로 돌아온 아이는 어머니께 말했어.

"저 튼튼한 쇠 지게 하나만 만들어 주세요."

"그걸 뭣에 쓰려고?"

지게는 가벼운 나무와 지푸라기로 만드는 것인데 쇠로 만들어 달라니 참 이상했지. 그래도 아이가 만들어 달라니까 튼튼하게 하나 만들어 주었더니 그걸 메고 매일 산에 오르락내리락하면서 나무를 해 오는데 그게 며칠 만에 집채만큼 쌓였어.

또 어떤 날은,

"마당에 튼튼한 평상이 하나 있으면 좋겠지요?"

하더니만 산에 올라가서 넓적한 바위를 번쩍 들어서 가지고 내려와 마당 한가운데 놓는 것이었어. 마침 더운 여름이라 늙은 부부는 시원한 바위 위에서 낮잠도 자고 잘 쉬었지.

이렇게 힘이 장사여서 뭐든 번쩍번쩍 드니까 이때부터 사람들이 아이를 '바위손이'라고 부르기 시작했단다.

그런데 별안간 나라가 아수라장이 되었어. 이웃나라에서 수백만의 군사들을 이끌고 쳐들어왔다는 것이었어.

"어머니, 아버지! 제가 나라를 위해 싸우러 가야겠습니다."

부부는 큰일을 하겠다는 바위손이를 말릴 수가 없었지. 바위손이는 당장 보따리 하나 짊어지고 길을 떠났어.

바위손이가 한참을 가다 보니 커다란 나뭇가지가 하늘로 쑥 올라갔다가 쑥 내려왔다가, 다시 쑥 올라갔다가 쑥 내려왔다가 하는 것이었어.

하도 이상해서 가까이 가보니 나무 아래에서 덩치가 호랑이만 한 아이 하나가 코를 골면서 낮잠을 자고 있는데 콧바람이 어찌나 센지 숨을 한 번 쉴 때마다 나뭇가지가 오르락내리락 했던 것이야.

바위손이는 당장 아이를 깨웠어.

"나는 바위손이라고 하는데 넌 누구냐?"

"나는 태어날 때부터 콧바람이 장사라서 콧바람손이라고 한다. 무슨 일이냐?"

"지금 나라가 위급하다. 나와 함께 싸움터로 가자."

"좋다. 마침 나도 코가 간지럽던 참이었지."

둘은 그 자리에서 의형제를 맺었어. 바위손이가 형이 되고 콧바람손이가 아우가 되었지. 둘은 함께 싸움터로 향했어.

또 한참을 가다 보니 이번엔 멀리 있는 산 하나가 나타났다, 사라졌다 하지 않겠어?

가까이 가서 보니 한 아이가 곰배를 산허리에 가져다 대고 밀었

다가 당겼다가 해서 산을 들었다 놨다 하는 것이었어.

"넌 누구냐? 우리는 바위손이와 콧바람손이라고 한다."

"나는 곰배질을 잘 한다고 곰배손이라고 불린다. 무슨 일이냐?"

"지금 나라 꼴이 말이 아니다. 우리와 함께 싸움터로 가지 않을래?"

"좋다. 좋아! 마침 몸이 근질거리던 참이었지."

셋은 그 자리에서 의형제를 맺었고 곰배손이가 셋째

가 되기로 했어.

　이렇게 셋이서 또 한참 길을 가는데 갑자기 발 앞으로 물이 콸콸
흐르는 커다란 개울이 생겨나는 것이었어.

　이게 대체 무슨 일인가 싶어 개울을 따라 올라가 보니 한 아이가
서서 오줌을 누고 있는데 그 오줌 줄기가 어찌나 센지 맨 땅이 푹
파여서 개울이 생길 정도인 거야.

　"넌 누구냐? 우리는 바위손이, 콧바람손이,
곰배손이라고 한다."

　"나는 태어날 때부터 오줌 줄기가 세서 오줌
손이라 불린다. 무슨 일이냐?"

"우리는 나라를 구하러 싸움터로 가는 길이다. 함께 가지 않을래?"

"좋다. 마침 오줌도 덜 눈 참이다."

이렇게 넷은 그 자리에서 의형제를 맺었어. 마지막으로 만난 오줌손이가 막내가 되었지.

넷은 드디어 싸움터에 도착했어.

싸움터에는 적군이 어찌나 많은지 산 하나를 빼곡하게 메우고 있었어. 먼저 바위손이가 나섰지.

"으영차!"

커다란 바위를 번쩍 들어서 산 아래 골짜기를 전부 막아 버렸어.

그리고 나서 이번엔 오줌손이가 꽉 참았던 오줌을 콸콸 쏟아 냈어. 골짜기를 다 막아 버렸으니 오줌이 빠져나갈 데가 없어서 산에 오줌 홍수가 났지. 적군들이 전부 오줌 물에 빠져 살려 달라고 아우성쳤어.

그러자 이번엔 콧바람손이가 콧바람을 슝슝 불었어.

그랬더니 오줌이 콧바람에 꽁꽁 얼어 버렸어. 군사들은 얼음 위로 머리만 동동 내놓고 있는 꼴이 되어 버렸지.

마지막으로 곰배손이가 나섰어.

곰배손이는 곰배를 들고 얼음판을 여기저기 밀고 다녔지.

"제발 목숨만은 살려 주세요!"

"항복할게요!"

여기저기서 살려 달라고 아우성이었어.

"그럼 다신 우리나라를 감히 넘보지 않을 테냐?"

"네. 물론입니다요."

바위손이, 오줌손이, 콧바람손이, 곰배손이는 적군들을 풀어 주었어. 적군들은 '걸음아, 날 살려라' 자기 나라로 도망쳤지.

이렇게 나라를 구한 네 형제에게 임금님은 큰 상을 내렸고, 네 형제는 평생 '형님 먼저, 아우 먼저' 우애 자랑을 하며 행복하게 살았대.

🧭 네 형제는 각각 어떻게 적군들을 물리쳤을까?

바위손이는 커다란 바위를 번쩍 들어서 산 아래 골짜기를 전부 막았고, 오줌손이는 꽉 참았던 오줌을 콸콸 쏟아 내서 산에 오줌 홍수를 냈어요. 콧바람손이는 콧바람을 슝슝 불어서 오줌을 꽁꽁 얼렸고 곰배손이는 곰배를 들고 얼음판을 여기저기 밀고 다녔지요.

🛟 힘을 모아 문제를 해결하면 더 쉬워요!

인물들이 각자의 힘을 모아 적을 물리치는 또 다른 이야기로는 〈팥죽할멈과 호랑이〉가 있어요. 호랑이가 동짓날 할머니를 잡아먹으러 오겠다고 했어요. 그날이 되어 할머니가 팥죽을 쑤며 울고 있는데 알밤과 송곳, 쇠똥, 지게, 멍석이 팥죽 한 그릇만 주면 할머니를 도와주겠다고 했지요. 마침내 호랑이가 할머니를 잡아먹으러 오자 아궁이 속에 숨어 있던 알밤이 호랑이의 눈을 퍽 때리고, 송곳이 날아와 호랑이를 콕콕 찔렀어요. 달아나려던 호랑이는 쇠똥을 밟고 미끄러졌고, 그 사이 멍석이 호랑이를 돌돌 말아 버렸어요. 마지막으로 지게가 호랑이를 짊어지고는 바다로 가서 퐁당 빠트려 버렸답니다.

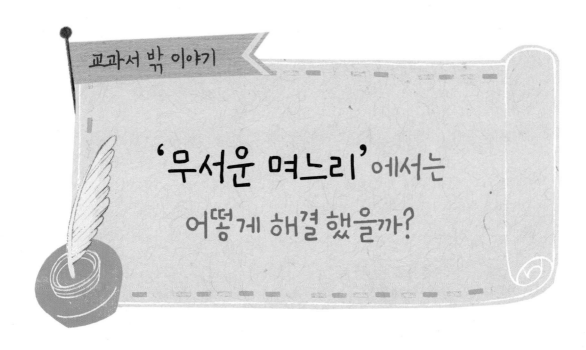

'무서운 며느리'에서는 어떻게 해결했을까?

옛날 어느 마을에 심보가 고약한 시아버지가 살고 있었어요. 이 시아버지는 어찌나 괴팍한지 들어오는 며느리마다 핑계를 대서 내쫓았어요.

"음식이 왜 이리 짜냐?"

"도저히 싱거워서 못 먹겠다!"

자꾸 며느리들이 쫓겨나자 더 이상 이 집안에 딸을 주겠다는 집이 없었어요.

그런데 이웃 마을의 한 가난한 처자가 이 집에 시집을 가겠다고 하였어요.

"아무리 가난하다 해도 왜 그런 집에 시집을 가려고 하니?"

"저는 쫓겨나지 않을 자신이 있어요. 그 집에 시집보내 주세요, 어머니."

결국 처자는 고약한 시아버지가 있는 집으로 시집을 가게 되었

어요.

혼례를 치른 다음 날, 며느리는 시아버지의 아침상을 봐 왔어요.

"오늘은 또 어떤 핑계로 며느리를 내쫓을꼬?"

트집 잡을 준비를 단단히 하고 시아버지는 상을 받았어요.

그런데 이게 어찌된 일일까요?

상 위에는 보리밥 한 그릇과 국 한 그릇, 간장 한 종지, 물 한 컵
만 놓여 있을 뿐이었어요.

"이걸 상이라고 차려왔느냐?"

그러자 며느리가 대답했어요.

"아버님. 아버님의 입맛이 까다롭다는 사실을 이미 들어 알고 있었습니다. 그래서 싱거우면 국에 간장을 타서 드시고 짜면 물을 타서 드시라고 이렇게 차려왔습니다."

시아버지는 며느리의 말에 아무 말도 할 수 없었어요.

'우리 집안에 나보다 더한 며느리가 들어왔구나. 이제 심술부리지 말아야겠군.'

심보가 고약한 시아버지, 며느리는 어떻게 해결하였을까?

밥상에 보리밥 한 그릇과 국 한 그릇, 간장 한 종지, 물 한 컵만 차려 와서 싱거우면 국에 간장을 타서 드시고 짜면 물을 타서 드시라고 하였어요.

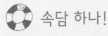 속담 하나!

심술궂은 시아버지는 결국 자신보다 더 심술궂은 며느리를 보았어요. 이런 상황을 '뛰는 놈 위에 나는 놈 있다'는 속담으로 표현할 수 있어요.

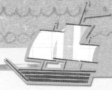

🧭 '제갈공명'은 어떻게 해결하였을까?

중국 촉나라의 지혜로운 장수 제갈공명이 전쟁을 마치고 돌아가던 중 거센 폭풍우를 만났어요.

"폭풍우를 멈추게 하기 위해선 하늘에 제를 올리고 49개의 사람 머리를 제물로 바쳐야 합니다."

부하가 이렇게 말하였어요.

"뭐라? 사람 머리 49개라면 내 부하 49명을 죽이라는 뜻인가?"

"그 방법밖에는 없습니다."

제갈공명은 고민에 빠졌어요. 함께 전쟁터에서 싸웠던 아끼는 부하들을 차마 죽일 수는 없었지요.

"옳지! 그 방법이 있었구나."

좋은 생각이 떠오른 제갈공명은 당장 부하들을 불러 일렀어요.

"얇고 동그란 밀가루 반죽 속에 돼지고기와 양고기를 잘게 다져 넣은 것을 49개 만들도록 하라."

만들어 놓고 보니 사람의 머리 모양과 감쪽같이 비슷했어요.

이것을 제물로 바치자 정말로 폭풍우가 거짓말처럼 멈추었답니다.

이후로 사람들은 이 음식을 '만두'라 부르기 시작했고 곧 중국인들의 인기 음식이 되었어요.

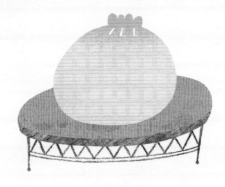

16

나라면 어떻게 했을까?

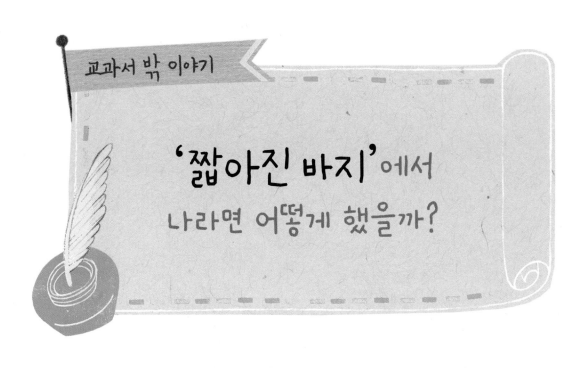

'짧아진 바지'에서 나라면 어떻게 했을까?

옛날 어느 마을에 이 씨와 박 씨 성을 가진 친구가 있었어요.

하지만 이 씨네 집은 언제나 웃음소리가 끊이지 않았고 박 씨네 집은 다투는 소리가 끊이지 않았어요.

어느 날 박 씨는 이 씨네 집에 놀러갔어요.

그런데 이 씨가 무릎이 다 드러나는 짧은 바지를 입고 허허 웃고 있는 게 아니겠어요?

"아니, 이 씨. 그 흉한 바지는 다 뭔가?"

"그게 아니고……."

이 씨는 머리를 긁적이며 짧은 바지를 입게 된 이유를 말하였어요.

"며칠 전 새 바지를 맞추었지. 그런데 바지가 한 뼘이나 길어서 질질 끌리는 게 아닌가? 그래서 세 딸에게 바지를 한 뼘만 줄여 달라고 말하였지."

"그런데? 아비를 골탕 먹이기 위해 이렇게 짧게 줄여 놨단 말인가?"

"그게 아니고, 첫째 딸이 줄인 것을 모르고 둘째 딸도 바지를 줄였다네. 그런데 둘째 딸이 줄인지 모르고 셋째 딸이 또 줄여 놓은 게 아닌가? 그래서 이렇게 바지가 짧아지고 말았다네."

"에그. 그럼 딸아이들을 혼냈어야지!"

"혼내다니? 딸아이들이 줄여 놓은 이 바지야말로 아이들의 정성이 느껴지는 나에게 가장 잘 맞는 바지인걸."

그제야 박 씨는 이 씨네가 화목한 이유를 알게 되었답니다.

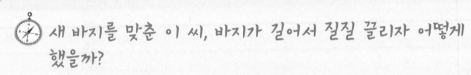 새 바지를 맞춘 이 씨, 바지가 길어서 질질 끌리자 어떻게 했을까?

세 딸에게 바지를 한 뼘만 줄여 달라고 말하였어요.

이 씨의 이야기를 들은 세 딸은 어떻게 했을까?

첫째 딸이 줄인 것을 모르고 둘째 딸이 바지를 줄이고, 둘째 딸이 줄인 것을 모르고 셋째 딸이 또 바지를 줄이는 바람에 바지가 짧아지고 말았어요.

이 씨와 박 씨는 다음 그림을 보고 뭐라고 했을까요?

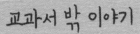

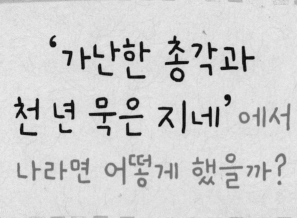

'가난한 총각과
천 년 묵은 지네'에서
나라면 어떻게 했을까?

옛날 어느 시골에 찢어지게 가난한 청년이 늙은 부모님을 모시고 살고 있었어요.

청년은 굶주림을 견디다 못해 돈을 벌기 위해 한양으로 가기로 하였어요.

하지만 평생을 시골에서만 살아온 청년은 한양에 가는 길도 잘 몰랐어요.

산길에서 한참을 헤매다 보니 어느 덧 해가 져서 청년은 눈에 보이는 큰 기와집으로 들어갔어요.

"하룻밤만 묵어갈 수 있을까요?"

청년은 산길에 웬 기와집이 있는지 이상하다는 생각도 못했어요.

곧 문을 열고 하얀 소복을 입은 처녀가 나왔어요.

"얼마 전에 부모님이 돌아가셔서 장례를 치르는 중입니다. 그런데 부모님이 돌아가시기 전 유언을 남기시길 곧 집에 찾아오는 청년과 결혼하라고 하셨습니다."

청년은 얼떨결에 처녀와 결혼하였어요.

예쁜 처녀를 아내로 맞게 된 청년은 그저 싱글벙글이었어요.

몇 달이 지나자 청년은 아무래도 집에 계시는 부모님이 걱정되었어요.

"며칠만 고향에 다녀오겠소."

아내와 약속을 한 청년은 단숨에 고향으로 돌아왔어요.

그런데 걱정과는 달리 부모님은 으리으리한 기와집에서 살고 계셨어요.

"네가 한양에서 보내 주는 돈으로 이렇게 잘 먹고 잘 살고 있었구나."

"제가 돈을 보냈다고요?"

청년은 자신의 아내가 보낸 돈이라 생각하고 고마워했어요.

부모님이 잘 지내는 것을 본 청년은 안심을 하고 다시 아내가 있는 집으로 돌아가기로 했어요.

가는 길에 잠시 땀을 식히고 있는데 돌아가신 할아버지가 나타났어요.

"하……할아버지!"

"요놈! 네가 누구랑 결혼한 건지 알고나 있느냐? 바로 천년 묵은 지네이니라. 집에 가자마자 문틈으로 작은 구멍을 내서 안을 들여다보면 알게 될 것이다. 이제 내가 시키는 대로 하여야 한다. 내일 아침에 밥을 먹을 때 바로 먹지 말고 한 숟가락을 떠서 상 위에

놓고 잠시 기다렸다가 먹도록 해라. 그러면 그 지네가 죽게 될 것이고 그렇게 하지 않으면 네가 죽게 될 것이야. 손자야, 명심하거라!"

깜짝 놀란 청년은 서둘러 집으로 돌아와 문틈으로 아내를 살폈어요.

놀랍게도 방 안에는 아내가 아닌 다리 수십 개가 달린 지네가 기어다니고 있었어요.

뛰는 가슴을 가라앉히고 청년은 헛기침 소리를 냈어요.

그러자 방 안에서 어여쁜 아내가 나와 청년을 반갑게 맞이하였어요.

다음 날 아침, 아내는 아침상을 차려왔어요.

청년은 밥 한 숟갈을 뜨고 나서 고민하였어요.

'그래. 비록 천 년 묵은 지네라도 고마운 아내를 죽일 수는 없어. 차라리 내가 죽고 말겠어.'

청년은 숟가락을 바로 입으로 가져가 꿀꺽 삼켰어요.

그러자 아내의 얼굴이 환해졌어요.

"여보! 정말 고마워요. 어제 돌아가신 할아버지를 만났지요? 그분은 사실 당신 할아버지가 아니라 천 년 묵은 구렁이가 변신한 것이었어요. 당신이 그 구렁이의 말을 들었다면 저는 천 년의 수행이 물거품이 되어 다시는 인간이 될 수 없었습니다. 이제 저는 당신 덕분에 진짜 인간이 되었어요."

"다행이군! 정말 다행이야!"

그 후로 청년과 아내는 평생 행복하게 살았답니다.

🧭 찢어지게 가난한 청년, 어떻게 하였을까?
청년은 굶주림을 견디다 못해 돈을 벌기 위해 한양으로 가기로 하였어요.

🧭 부모님이 걱정되었던 청년, 어떻게 하였을까?
"며칠만 고향에 다녀오겠소." 아내와 약속을 한 청년은 단숨에 고향으로 돌아왔어요.

🧭 할아버지를 만난 청년, 다음 날 어떻게 하였을까?
'그래. 비록 천 년 묵은 지네라도 고마운 아내를 죽일 수는 없어. 차라리 내가 죽고 말겠어.' 청년은 할아버지가 시킨 대로 하지 않고 숟가락을 바로 입으로 가져가 꿀꺽 삼켰어요.

🛟 내가 청년이라면 어떻게 했을지 써 보아요.

_____

_____

🧭 고려의 충신 '정몽주'는 어떻게 하였을까?

> 이런들 어떠하리, 저런들 어떠하리.
>
> 만수산 드렁칡이 얽힌들 어떠하리.
>
> 우리도 이같이 얽혀져 백년같이 누리리라.

이 시는 고려 말, 이방원이 정몽주에게 보낸 것이에요.

이방원은 아버지 이성계를 도와 고려를 무너뜨리고 새 나라를 세우려고 했어요. 이방원은 고려의 충신인 정몽주를 자기들 편으로 만들면 큰 힘이 되겠다고 생각했지요.

고려와 고려의 임금님에 대한 충성심을 저버릴 수 없었던 정몽주는 답장으로 시 한 편을 써서 이방원에게 보냈어요.

> 이 몸이 죽고 죽어 일백 번 고쳐 죽어
>
> 백골이 진토 되어 넋이라도 있고 없고,
>
> 임 향한 일편단심이야 잊을 수가 있으랴.

정몽주는 사랑하는 고려를 '임'이라고 말하며 절대로 배신하지 않겠다는 뜻을 전했어요.

"도움이 되어 주지 않는다면 방해되지 않도록 죽여 버려야겠군!"

정몽주의 답가를 받은 이방원은 정몽주를 선죽교라는 다리로 불러내 칼을 휘둘렀어요. 고려의 마지막 충신이었던 정몽주는 그렇게 눈을 감았답니다.

▲ 선죽교

17

결말은
어떨까?

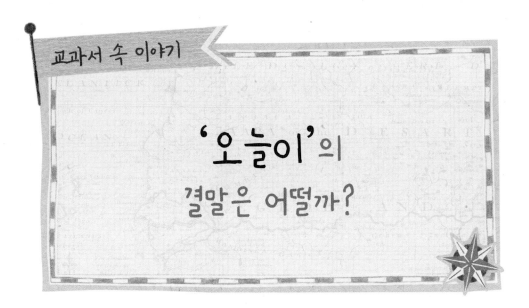

'오늘이'의 결말은 어떨까?

옛날 아주 먼 옛날 여자아이가 혼자 살고 있었어요.

여자아이는 이웃 사람들이 이름이 무엇인지 부모님은 어디 계신지 물어도 모른다고만 대답했어요.

"태어난 날도 모르고 부모님도 어디 계신지 모른다니 이상하구나."

"그렇다면 오늘을 네 생일로 하자. 그리고 이름은 오늘이라고 부르마."

이렇게 해서 여자아이는 오늘이라는 예쁜 이름을 갖게 되었어요.

그러던 어느 날, 오늘이는 마을의 가장 늙은 할머니를 찾아갔어요.

"할머니! 할머니는 오래 살았으니 무엇이든 잘 아시죠?"

"그럼."

"그럼 우리 부모님은 어디에 계실까요?"

"네 부모님은 지금 원천강이라는 곳에 살고 계시지."

"거기는 어떻게 가야 하는데요?"

"멀고 험해서 너 혼자는 가기 힘들어."

"저는 어디든 부모님이 계시는 곳이라면 갈 수 있어요! 제발 가르쳐 주세요. 네?"

할머니는 어두운 표정으로 말하였어요.

"할 수 없지. 이 길로 쭉 가다 보면 장상도령이 사는 집이 있다. 그 도령은 책이란 책은 모조리 읽어서 모르는 게 없으니 너에게 원천강 가는 길도 알려 줄 거야."

할머니의 말대로 오늘이는 길을 따라 쭉 갔어요.

　그러자 외딴집이 나타났는데 거기에 장상도령이 살고 있었어요.

　"원천강 가는 길을 알려 줄 수는 있지만 먼저 내 부탁을 하나만
들어주렴."

　"무엇인데요?"

　"나는 태어나서 지금까지 옥황상제의 명령으로 이 집에서 밤낮
으로 글만 읽고 있단다. 그 이유가 무엇인지 좀 알아다오."

　"알겠어요. 꼭 알아다 드릴게요."

　그러자 장상도령은 원천강으로 가는 길을 알려 주었어요.

　"저 고개를 넘으면 연꽃이 피어 있는 연못이 나온단다. 그 연꽃
에게 물으면 원천강 가는 길을 알려 줄 거야."

장상도령의 말대로 고개를 넘으니 연못이 나왔어요. 오늘이는 연꽃에게 원천강 가는 길을 물었어요.

"알려 주는 대신 부탁 하나만 들어줘. 나는 열심히 꽃을 피우려고 노력하지만 이상하게도 한 송이의 연꽃만 피어나고 다른 가지에는 꽃이 피지 않아. 그 이유를 알아다 줄래?"

"그럴게요!"

그러자 연꽃은 원천강 가는 길을 알려 주었어요.

"이 산을 넘어가면 용이 되지 못한 이무기가 살고 있는 바다가 나와. 그 이무기가 원천강 가는 길을 알려 줄 거야."

산을 넘어가니 정말로 바다가 나왔어요. 이무기를 만난 오늘이는 원천강 가는 길을 물었어요.

"알려 줄게. 하지만 부탁 하나만 들어줘. 다른 이무기들은 모두 용이 되어 하늘로 올라갔는데 나는 여의주가 세 개나 있는데도 용이 되지 못했어. 그 이유를 알아다 줄래?"

"그럴게요!"

그러자 이무기가 오늘이를 태우고 바다를 건너 주었어요.

드디어 오늘이가 원천강에 다다랐어요. 하지만 원천강은 높은 담에 둘러싸여 있어서 대문 안으로 들어가야 했어요.

오늘이가 대문을 두드리자 문지기가 나타났어요.

"누구냐?"

"저는 오늘이라고 하는데 부모님이 여기 계신다고 해서 찾아왔어요."

"썩 물러가라! 여기는 산 사람이 들어갈 수 있는 곳이 아니야."

"제발 들여보내 주세요. 네?"

오늘이가 엉엉 울자 문지기도 난처한 표정이었어요.

그때 성 안에 사는 원천강의 왕과 선녀도 오늘이의 울음소리를 들었어요.

"웬 여자아이의 울음소리더냐? 아이를 들여보내거라."

명령을 받은 문지기는 문을 열어 주었어요.

왕과 선녀를 만난 오늘이가 말했어요.

"저는 부모님을 찾아서 이 먼길을 왔어요. 저희 부모님은 어디에 계시죠?"

그러자 왕과 선녀가 오늘이를 와락 껴안았어요.

"바로 우리가 너의 엄마, 아빠란다. 원천강을 지키라는 옥황상제의 명령 때문에 어쩔 수 없이 너를 두고 여기로 올 수 밖에 없었어."

오늘이는 부모님과 함께 즐거운 시간을 보냈어요.

시간이 흐른 뒤, 오늘이는 원천강을 찾는데 도움을 준 이들의 부탁을 들어줘야겠다고 생각했어요.

부모님에게 부탁의 해결책을 모두 들은 오늘이는 다시 길을 떠났어요.

바닷가에 온 오늘이는 이무기에게 이야기하였어요.

"여의주를 하나만 물어야 용이 될 수 있는데 이무기님은 욕심을 부려 여의주를 세 개나 문 바람에 용이 될 수 없는 거래요."

그러자 이무기가 여의주 두 개를 오늘이에게 주었어요. 그러자 이무기는 곧 용으로 변하여 하늘로 날아올랐어요.

오늘이는 다음으로 연꽃을 찾아갔어요.

"연꽃님. 맨 처음에 만나는 사람에게 맨 윗가지의 연꽃을 꺾어 주면 다른 가지에도 꽃이 피게 될 거래요."

그러자 연꽃이 자신의 꽃을 꺾어 오늘이에게 주었어요. 그러자 곧바로 연꽃나무의 가지가지마다 아름다운 연꽃이 피어났어요.

마지막으로 오늘이는 장상도령의 집에 도착했어요.

"도령님. 처음 만난 아가씨와 결혼을 하면 저주를 풀 수 있대요."

"내가 처음 만난 처자는 바로 너란다."

그렇게 해서 오늘이는 장상도령과 결혼하여 평생 행복하게 살았답니다.

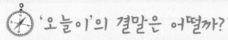

'오늘이'의 결말은 어떨까?

오늘이는 부모님을 찾기 위해 원천강이라는 곳을 찾아 먼 길을 떠났어요. 오늘이는 장상도령, 연꽃, 이무기의 도움을 받아 원천강으로 가 부모님을 만났어요. 그리고 다시 돌아오는 길에 장상도령, 연꽃, 이무기의 궁금증을 해결해 주고 결국 장상도령과 결혼하여 행복하게 살았답니다.

'가난한 신랑과 모자란 각시'의 결말은 어떨까?

옛날, 어느 마을에 가난한 총각과 모자란 처녀가 살고 있었어요. 총각과 처녀가 늦게까지 결혼을 못 하자 마을 사람들은 둘을 짝지어 주었지요.

첫날밤, 신랑과 각시가 마주앉아 이야기하였어요.

"앞으로 우린 뭘 먹고 살지요?"

"글쎄요. 똥을 치우면 어떨까요?"

"똥은 왜요?"

"우리가 똥을 치워 주면 마을이 깨끗해지지 않겠어요?"

"좋아요, 좋아!"

이렇게 해서 가난한 신랑과 모자란 각시는 다음 날부터 온 마을을 돌아다니며 소똥, 말똥, 염소똥, 개똥, 똥이란 똥은 모두 모아 집에 쌓아 두기 시작했어요. 동네 사람들은 그런 신랑과 각시에게 똥 냄새가 난다며 수군거렸지요.

그러던 어느 날, 마을 사람 중 하나가 거름으로 쓰기 위해 똥을 얻으러 왔어요. 신랑과 각시는 똥을 푹푹 퍼서 주었지요. 그 똥을 거름으로 주자 농사가 풍년이 들었어요. 소문이 돌고 돌아 다음 해에는 마을 사람들 모두가 신랑과 각시에게 거름을 사러 왔어요. 거름을 팔아 돈을 번 신랑과 각시는 논밭을 샀고, 열심히 농사를 지어 부자가 되었답니다.

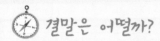 **결말은 어떨까?**

가난한 신랑과 모자란 각시는 똥을 모아 거름으로 팔았고, 번 돈으로 논밭을 샀어요. 열심히 농사지은 신랑과 각시는 부자가 되었답니다.

가난한 신랑과 모자란 각시는 왜 하필 '똥'을 치웠을까요?

가난한 신랑과 모자란 각시는 사람들이 더럽고 쓸모없다고 생각하는 똥을 치워 마을을 깨끗하게 하기로 했어요. 마을 사람들은 이런 신랑과 각시를 똥 냄새가 난다며 손가락질했지요. 그러던 어느 날, 마을 사람 중 하나가 똥을 거름으로 쓰기 시작하면서 사람들은 가난한 신랑과 모자란 각시가 모아 둔 똥이 아주 중요하다는 사실을 깨닫게 돼요. 겉보기에 큰 가치가 없어 보이는 것도 경우에 따라 아주 귀한 존재가 될 수도 있다는 것을 깨닫게 하는 이야기예요.

18

뒷이야기를 상상해 볼까?

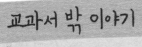

'죽은 사람도 살리는 약'의 뒷이야기를 상상해 볼까?

옛날 옛적에 의술이 뛰어난 의원이 살고 있었어요. 이 의원은 평생 연구 끝에 죽은 사람을 살리는 약을 개발하였어요. 그런데 약은 단 한 병뿐이었어요.

의원은 병에 걸려 죽을 때가 되자 아끼는 제자에게 말했어요.

"이 약은 죽은 사람을 살리는 약이니라. 내가 죽거든 이 약을 내 발끝에서 머리끝까지 조금도 남김없이 발라라. 그러면 나는 살아날 수 있을 것이니라."

"예. 그렇게 하겠습니다."

의원은 곧 눈을 감았어요.

제자는 스승이 시킨 대로 약병의 약을 의원의 발부터 바르기 시작했어요.

그랬더니 놀라운 일이 벌어졌어요. 차갑게 굳었던 발이 점점 따뜻해지더니 피가 돌기 시작한 거예요.

'참 놀라운 약이로다. 이 약으로 스승님을 살릴 것이 아니라 훗날 내가 죽게 되었을 때 써야겠다.'

제자는 약병을 닫아 버렸어요.

의원의 발은 다시 차갑게 굳고 말았어요.

오랜 세월이 흘러 제자도 병에 걸려 몸져눕고 말았어요. 제자는 아들을 불러 말했어요.

"이 약은 죽은 사람을 살리는 약이다. 이 아비가 죽거든 약을 온몸 구석구석에 바르거라. 그러면 나는 다시 살아날 것이다."

"네. 아버지."

🧭 뒷이야기를 상상해 볼까?

제자는 스승이 개발한 죽지 않는 약에 욕심이 나서 스승을 살리지 않았어요. 제자는 자신이 죽을 때가 되자 아들에게 약을 바르라고 하지요. 앞으로 무슨 일이 일어날까요?

🛟 상상해서 한 편의 완성된 동화를 만들어 보아요.

예1) 제자가 눈을 감자 아들은 아버지가 시킨 대로 약을 바르기 시작했어요. 발과 다리를 거쳐 가슴께까지 다 바르자 제자의 몸이 되살아나 꿈틀거렸어요. 심장도 다시 뛰기 시작했지요. 그런데 목까지 다 발랐을 때 그만 약이 똑 떨어지고 말았어요. 결국 제자의 몸은 다시 싸늘히 식어 버렸어요.

예2) 제자가 눈을 감자 아들은 아버지가 시킨 대로 약을 바르려다가 생각했어요. '이 약을 내가 죽고 나서 써야겠다.' 아들은 약병을 닫아 버렸고 제자는 살아날 수 없었답니다.

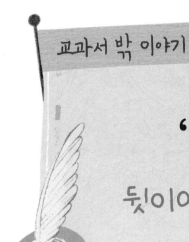

'새들의 왕'의 뒷이야기를 상상해 볼까?

어느 아름다운 숲에서 온갖 새들이 모여 자신의 깃털을 뽐내고 있었어요.

"내 알록달록한 깃털은 정말 최고야."

"흥. 내 붉은빛 화려한 깃털은 어떻고?"

"뭐니 뭐니 해도 내 우아한 하얀 깃털은 그 누구도 따라올 수 없지!"

어느 날 산신령이 숲으로 내려와 말했어요.

"새들의 왕을 뽑는 경합을 벌이겠다. 가장 아름다운 새가 왕이 될 테니 내일 모두 이곳에 모이거라."

새들은 왕이 되기 위하여 자신의 깃털을 다듬기 시작했어요.

그런데 까마귀만은 몸을 가꾸지 않고 슬피 울기만 했어요.

"까악까악. 새카만 깃털로 뒤덮인 못생긴 나는 절대로 새들의 왕이 될 수 없을 거야."

그때, 까마귀에게 좋은 꾀가 떠올랐어요.

"아! 그러면 되겠군!"

 뒷이야기를 상상해 볼까?

산신령이 가장 아름다운 새를 새들의 왕으로 뽑겠다고 하였어요. 모든 새들이 깃털을 단장하느라 바빴지만 까마귀만은 슬피 울었지요. 하지만 까마귀에게 새들의 왕이 될 좋은 꾀가 떠올랐나 봐요. 무슨 생각이었을까요?

상상해서 한 편의 완성된 동화를 만들어 보아요.

예1) 까마귀는 땅에 떨어져 있는 다른 새들의 깃털을 주워 모아 자신의 몸에 붙였어요.

"까마귀 네가 가장 아름다운 깃털을 가졌구나!"

그리하여 까마귀가 새들의 왕이 되었어요. 그런데 그때 한 새가 말했어요.

"어? 이건 내 깃털이잖아?"

"이건 내 깃털이야!"

모든 새들이 달려들어 까마귀 몸에 붙은 자신의 깃털을 떼어 냈어요. 그러자 까마귀의 까만 몸이 드러났어요. 까마귀는 부끄러워서 도망을 가 버렸어요.

예2) 까마귀는 공작새에게 가서 말하였어요.

"학이 그러는데 공작새만큼 초라한 깃털을 가진 새는 없대."

학에게 가서는 이렇게 말하였어요.

"공작새가 그러는데 학 따위는 자기를 절대로 이길 수 없댔어."

까마귀는 모든 새들에게 이렇게 거짓말로 이야기를 하였고 새들은 자기들끼리 싸우기 시작했어요. 결국 큰 싸움이 지나간 뒤, 모든 새들은 깃털이 죄다 뽑히고 헝클어졌어요. 그래서 까마귀가 새들의 왕이 되었답니다.

'만년 샤쓰' 이야기 속에서 무엇을 깨달을 수 있을까?

한창남은 우리 반에서 가장 인기가 있는 친구인데 우리나라 최초의 비행사인 안창남 아저씨와 이름이 비슷하여 별명이 '비행사'이다.

창남이의 성격은 시원스럽고 유쾌하다. 걱정이 있는 친구에게는 재미난 말로 기분을 풀어 주고, 곤란한 일이 있을 때는 좋은 의견을 내 문제를 해결해 주었다.

창남이네 집은 가난했다. 모자가 다 해어졌고 바지도 헝겊으로 기워 입고 다녔다. 하지만 창남이는 창피해하거나 남의 것을 부러워하지 않았다.

오늘은 올 겨울 들어 가장 추운 날이었다. 체육 시간에 아이들은 체육복 위에 웃옷을 입었다. 무서운 체육 선생님이 웃옷을 벗으라고 하자 모두들 벗었는데 창남이만 벗지 않았다.

"넌 왜 웃옷을 안 벗니?"

그러자 창남이의 얼굴이 빨개졌다.

"만년 샤쓰도 괜찮습니까?"

"만년 샤쓰? 그게 무엇이냐?"

"맨몸 말입니다."

"웃옷을 벗어라!"

창남이는 할 수 없이 웃옷을 벗었다. 그러자 정말로 맨몸이었다. 선생님은 깜짝 놀라셨고 아이들은 깔깔 웃었다.

"너 왜 외투 안에 아무것도 안 입었니?"

"없어서 못 입었습니다."

그제야 아이들은 웃음을 거두었고 선생님의 눈에 눈물이 고였다.

"정말 샤쓰가 없니?"

"모레 인천에 사시는 형님이 올라와 사 주시기로 했습니다."

"그럼 오늘은 웃옷을 입고 운동해라."

이튿날, 창남이는 얇은 웃옷에 해어진 바지를 입고 양말도 안 신고 학교에 왔다.

체육 선생님이 물으셨다.

"너 옷이 왜 그 모양이야?"

"없어서 못 입고 왔습니다."

"어찌 또 없어졌니? 매일 한 가지씩 없어진단 말이냐?"

"네. 그렇게 되었습니다."

"어째서?"

선생님과 친구들은 창남이의 말에 귀를 기울였다.

"그저께 저녁 저희 동네에 큰불이 났습니다. 저희 집도 반이나 넘게 탔어요."

"바지는 어제는 입고 있었잖니?"

"네. 저희 집은 반만 타서 물건을 몇 가지 건졌지만 이웃집은 모두 타 버렸습니다. 저희 어머니께서 우리는 집이 있어 추운 것은 면할 수 있으니 입을 것 한 벌씩만 남기고 나머지는 동네 사람들에게 나누어 주자고 하셨습니다. 그래서 바지는 어제 옆집의 편찮으신 할아버지께 드렸습니다. 그리고 저는 가을 바지를 꺼내 입었습니다."

창남이가 말을 끝내자 모두들 아무 말 없이 고개를 숙였다.

🧭 무엇을 깨달을 수 있을까?

창남이는 가난한 형편에도 자신보다 어려운 이웃을 도왔어요. 이 이야기를 통해 자신이 어려운 환경에 있더라도 자신보다 더 어려운 사람을 도울 줄 아는 사람이 되어야 한다는 것을 깨달을 수 있어요.

🛟 내가 다른 사람을 도와준 경험을 떠올려 이야기해 볼까요?

🛟 '만년 샤쓰'는 방정환의 작품이에요.

방정환은 어린이를 사랑하는 마음으로 한평생을 산 아동문학가예요. '어린이'라는 말과 '어린이날'을 만든 것도 모두 방정환이랍니다. 어린이를 하나의 인격체로 존중해야 한다고 생각해 어린이에게 존댓말 쓰기 운동을 벌였으며 어린이들이 꿈을 잃지 않길 바라는 마음에서 여러 편의 동화를 남겼어요. 방정환은 북극성 등 30개가 넘는 필명으로 번역서는 물론 다양한 장르의 동화를 남겼어요. 그중 만년샤쓰는 일제강점기라는 힘겨운 시대 속에서도 웃음을 잃지 않는 주인공 창남이의 이야기로, 어려움 속에서도 웃음과 동심을 잃지 않길 바라는 방정환의 마음이 담겨 있답니다.

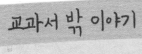

'보트의 구멍' 이야기 속에서 무엇을 깨달을 수 있을까?

한 남자가 작은 보트 한 척을 가지고 있었어요.

남자는 두 아들과 함께 보트를 타고 호수로 낚시를 가곤 했어요.

겨울이 되자 남자는 창고에 보트를 넣기로 했어요. 호수가 꽁꽁 얼어 보트를 탈 수 없었기 때문이에요.

그런데 보트 밑에 구멍이 뚫려 있는 것을 보았어요.

'어차피 지금 당장은 탈 일이 없으니 내년 봄에 고쳐야겠다.'

하지만 봄이 왔을 때 남자는 구멍에 대해서는 까맣게 잊었어요.

남자는 페인트공을 불러 보트를 단장하었어요.

"아빠! 낚시 가요. 네?"

"보트 태워 주세요."

날씨가 따뜻해지자 아이들은 남자를 졸라 댔어요.

하지만 귀찮았던 남자는 아이들에게 이렇게 말하었어요.

"오늘은 너희끼리 다녀오렴."

아이들이 보트를 가지고 호숫가로 떠난 뒤 남자는 문득 보트의 구멍이 떠올랐어요.

"아! 그걸 잊고 있었다니!"

남자는 헐레벌떡 호숫가로 뛰어갔어요.

남자의 머릿속에는 온통 두려운 생각으로 가득했어요.

'보트의 구멍을 진작 손봐 두었더라면 이런 일이 없었을 텐데.'

남자는 후회의 눈물을 흘렸어요.

그런데 호숫가에 다다랐을 때 아이들이 보트 놀이를 마치고 돌아오는 것이 보였어요.

"애들아! 무사했구나!"

남자는 구멍이 나 있던 보트를 자세히 살폈어요.

그런데 놀랍게도 구멍은 이미 말끔히 수리가 되어 있었어요.

'이게 대체 어떻게 된 일이지? 보트를 만진 사람은 페인트공뿐인데…….'

그제야 남자는 페인트공이 보트의 구멍을 수리했다는 사실을 깨달았어요. 남자는 당장 페인트공을 찾아가 고마움을 전했어요.

"뭐라 감사를 드려야 할지 모르겠습니다. 이건 작은 제 성의입니다."

하지만 페인트공은 남자가 건넨 선물을 받지 않았어요.

"받아 주세요. 당신이 보트를 수리해 두지 않았더라면 우리 아이들은 아마 목숨을 잃었을 것입니다. 당신은 내 아이들의 생명의 은인입니다."

"아닙니다. 저는 마땅히 해야 할 일을 했을 뿐인걸요."

🧭 남자의 행동에서 무엇을 깨달을 수 있을까?

자신이 해야 할 일을 미루지 말고 그때그때 해야 한다는 것을 깨달을 수 있어요.

🧭 페인트공의 행동에서 무엇을 깨달을 수 있을까?

페인트공은 자신의 일이 아님에도 보트의 구멍을 수리하였어요. 또한 고마움을 전하는 남자에게 자신은 마땅히 해야 할 일을 했을 뿐이라고 말했어요. 페인트공의 성실함과 겸손함을 본받아야 한다는 것을 깨달을 수 있어요.

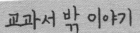

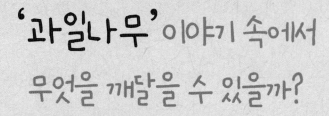
'과일나무' 이야기 속에서
무엇을 깨달을 수 있을까?

나이가 많은 할아버지가 집 뒤뜰에 과일나무를 심고 있었어요.

지나가던 이웃이 물었어요.

"할아버지! 무엇을 심고 계세요?"

"과일나무랍니다."

"그 나무에서 언제쯤 열매를 거둬들일 수 있는데요?"

"이 작은 가지가 자라서 튼튼한 기둥이 되고 맛있는 열매를 맺으려면 아마 20년은 걸릴 테지요."

"할아버지는 참 어리석군요. 죽기 전까지 맛볼 수도 없는 과일나무를 심어서 뭐합니까?"

이웃 사람이 비웃었어요.

하지만 할아버지는 웃으며 말하였어요.

"물론 이 나무의 열매를 맛볼 수는 없겠지요. 대신 이 나무 곁에 심어져 있는 저 튼튼한 나무의 열매를 매해 먹지 않습니까?"

할아버지는 커다란 과일 나무 한 그루를 손으로 가리켰어요.

"저 나무는 내가 태어나기도 전에 제 할아버지가 심어 놓으신 것이지요. 저도 제 손자를 위해 나무를 심고 있는 것이랍니다."

그러자 이웃 사람은 할아버지를 비웃었던 것을 부끄럽게 여기며 집으로 돌아갔어요.

🧭 과일나무를 심는 할아버지의 행동에서 무엇을 깨달을 수 있을까?

눈앞에 있는 현실이 아닌 먼 미래를 내다볼 줄 알아야 한다는 사실을 깨달았어요. 또한 가족에 대한 사랑을 느낄 수 있어요.

'넬슨 만델라'를 통해 무엇을 깨달을 수 있을까?

한 흑인 변호사가 경찰들에게 쫓기고 있었어요.

지하에 숨어 지내는 그를 외국의 한 방송사가 찾아왔어요.

"무슨 일 때문에 이렇게 쫓기고 있나요?"

"저는 우리 남아프리카 공화국의 인종 차별 제도에 맞서 싸우고 있습니다. 남아프리카 공화국은 많은 인종들이 모여 살아가고 있지만 가장 적은 수인 백인이 다른 인종들을 차별하고 있어요. 흑인들도 투표를 하고 싶고 어떤 직업이든 자유롭게 갖고 싶어요. 저는 반드시 이길 것입니다. 남아프리카 공화국을 여러 인종이 어울려 행복하게 사는 나라로 만들 거예요."

이 인터뷰는 전 세계로 방송되어 많은 사람들을 감동시켰지만 흑인 변호사는 곧 체포되고 말았어요.

"종신형을 선포한다!"

탕, 탕, 탕.

법정에서 이 흑인 변호사에게 평생 감옥에서 살아야 한다는 판결이 내려졌어요.

겨우 한 사람이 들어갈 만한 감옥에서 그는 27년을 살았어요. 흑인들도 다른 인종과 똑같이 대우 받는 정의로운 사회를 꿈꾸면서요.

그가 바로 1994년 남아프리카 공화국의 대통령이 된 넬슨 만델라예요.

27년의 감옥 생활 후 석방된 넬슨 만델라는 남아프리카 공화국 최초의 흑인 대통령이 되었어요. 그가 대통령이 되자 백인들은 벌벌 떨었어요. 자신들이 흑인을 차별한 만큼 보복할 거라고 생각했기 때문이에요. 하지만 넬슨 만델라는 이렇게 말했어요.

"모든 것을 용서한다. 그러나 잊지는 마라."

넬슨 만델라는 유색 인종과 백인이 어울려 행복하게 사는 나라를 만들기 위해 노력했어요. 인종 차별이 사라진 남아프리카 공화국은 오늘날 하루가 다르게 변화하고 있답니다.

20

내용을
간추려 볼까?

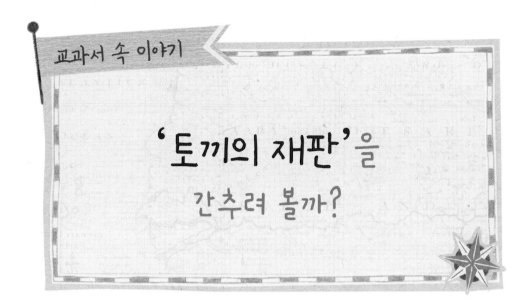

'토끼의 재판'을 간추려 볼까?

호랑이가 사냥꾼들에게 잡혀 궤짝에 갇혔어요.

"엉엉" 울던 호랑이는 지나가던 나그네를 향해 소리쳤어요.

"나그네님! 나그네님! 저를 좀 꺼내 주세요. 꺼내만 주신다면 은혜는 꼭 갚겠습니다."

"꺼내 주면 나를 잡아먹으려 들 거지?"

"절대로 아닙니다. 반드시 은혜를 갚을 터이니 제발 저를 구해 주세요. 네?"

"그렇다면 네 말을 한번 믿어 보지."

나그네는 궤짝의 문을 열어 호랑이를 꺼내 주었어요.

궤짝에서 나온 호랑이는 기지개를 한 번 크게 하더니, 날카로운 이빨을 나그네에게 들이밀었어요.

"어흥. 답답하고 배가 고파 죽을 뻔했네. 너는 이제 내 밥이다!"

"뭐…… 뭐라고? 아까는 은혜를 갚는다면서?"

"어리석은 인간 같으니라고. 그 말을 믿었느냐? 나를 궤짝에 가둔 것도 못된 인간들이다. 그러니 나는 너를 잡아먹어 복수를 해야겠다. 어흥!"

"잠깐만! 누가 옳은지 우리 재판을 받아 보자."

"재판이라고?"

호랑이와 나그네는 길가의 소나무에게 물었어요.

"소나무님. 저와 호랑이님의 이야기를 모두 들으셨지요? 둘 중에 누구 말이 옳습니까?"

"당연히 호랑이님 말이 옳지. 사람들은 내가 좋은 공기를 마시게 해 주는데도 나를 무참히 꺾어 버리곤 했으니까. 사람들은 이기적이야."

나그네는 크게 실망했어요. 그래서 이번엔 길에게 물었어요.

"길님. 저와 호랑이 중에 누구 말이 옳습니까?"

"무조건 호랑이님 말이 옳다. 사람들은 나를 마구 밟고 쓰레기를 버리기까지 했어. 호랑이님! 어서 나그네를 잡아먹으세요."

호랑이는 신이 나서 나그네를 향해 입을 쩍 벌렸어요.

"잠깐만! 딱 한 번만 더 물어 보자. 응?"

나그네는 지나가는 토끼에게 간절한 눈빛으로 물었어요.

"이러이러한 일이 있었는데 토끼 너는 누가 옳은 것 같니?"

그러자 토끼가 고개를 갸우뚱하며 되물었어요.

"무슨 소린지 모르겠어요. 그러니까 호랑이님이 당신을 궤짝에서 구해 주었다고요?"

"아니다. 그게 아니라 호랑이가 궤짝에 갇혀 있었는데……."

"호랑이님이 궤짝에 갇혀 있었다고요? 어떤 궤짝이었죠? 저 궤짝이라고요? 말도 안 돼요. 저런 작은 궤짝에 어떻게 집채 만한 호랑이님이 들어갈 수 있죠?"

그러자 호랑이는 무척 답답해하며 아까처럼 다시 궤짝으로 들어갔어요.

"내가 이렇게 궤짝 안에 갇혀 있었느니라. 그런데 마침 나그네가……."

그때 토끼는 얼른 궤짝의 문을 잠갔어요.

"나그네님. 이제 안심하세요. 호랑이는 다시 궤짝 안에 갇혔으니까요."

"정말 고맙다. 토끼야. 이 은혜는 잊지 않으마."

호랑이는 궤짝 안에서 엉엉 울었지만 이미 때는 늦었답니다.

🧭 내용을 간추려 볼까?

나그네는 궤짝에 갇힌 호랑이를 구해 주었지만 호랑이는 나그네를 잡아먹으려고 하였어요. 누구 말이 옳은지 묻자 소나무와 길은 나그네를 잡아먹어야 한다고만 했어요. 그러나 토끼는 말을 잘 못 알아듣는 척하면서 호랑이를 다시 궤짝에 가두었답니다.

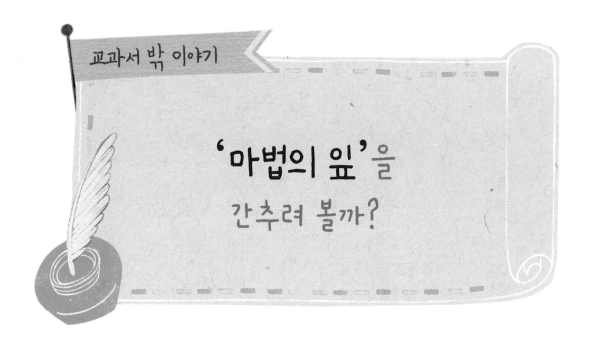

'마법의 잎'을 간추려 볼까?

옛날, 아주 먼 옛날 소금장수가 시장에 소금을 팔러 가고 있었어요.

시원한 나무 그늘이 나타나자 소금장수는 잠시 쉬어 가기로 하였어요.

그때 사마귀 한 마리가 어디선가 기어 나왔어요. 사마귀는 나뭇가지 이리저리를 기어 다니며 놀다가 나뭇잎 한 개를 따더니 이마에 쩍 붙였어요.

그러자 사마귀가 눈앞에서 감쪽같이 사라진 것이 아니겠어요?

"어? 사마귀가 어디로 갔지?"

잠시 후 사마귀가 이마에서 나뭇잎을 떼어 냈는지 소금장수의 눈에 다시 사마귀가 보였어요.

"붙이면 사라지고 떼어 내면 보이다니, 참 신기한 나뭇잎이로구나!"

소금장수는 나뭇잎을 주머니에 넣었어요.

시장에서 장사를 마친 소금장수는 집으로 돌아왔어요.

"얘들아, 아빠 왔다! 참, 나뭇잎이 정말로 마법의 힘이 있는지 시험해 볼까?"

소금장수는 대문 앞에서 이마에 나뭇잎을 떡 붙였어요. 그러자 아빠의 목소리를 듣고 달려 나오던 아이들이 주변을 두리번거리기 시작했어요.

"어? 분명 아빠 목소리였는데?"

"그새 어디 가신 거지?"

소금장수가 이마에서 나뭇잎을 떼어 내자 그제야 아이들이 소금장수를 알아보았어요.

다음 날부터 소금장수는 나뭇잎을 이용해서 사냥을 하였어요.

이마에 나뭇잎을 붙이고 동물에게 다가가면 동물들이 사람이 가까이 왔는지 알아차리지 못해서 꼼짝없이 붙잡히고 말았어요.

소금장수는 이렇게 잡은 동물들을 내다 팔아 큰 부자가 되었어요.

이웃 마을의 욕심쟁이 영감은 이 소식을 듣고 배가 아팠어요.

"나도 마법의 잎으로 부자가 되겠어!"

소금장수가 마법의 나뭇잎을 얻었다는 나무를 찾아간 영감은 나무의 모든 잎을 전부 따서 집으로 돌아왔어요.

"여기서 마법의 잎을 찾아내야 해!"

영감은 하나 하나 이마에 붙여 가며 가족들에게 물었어요.

"내가 보이니, 안 보이니?"

"보여요."

"보이니, 안 보이니?"

"보여요."

며칠이 지나도록 마법의 잎을 찾지 못하자 가족들은 지쳐 갔어요.

드디어 마지막 잎만 남았을 때 졸린 가족들이 귀찮은 나머지 이렇게 대답했어요.

"보이니, 안 보이니?"

"안 보여요."

"오호! 이것이 바로 마법의 잎이로구나."

욕심쟁이 영감은 그 잎을 가지고 당장 시장으로 달려갔어요. 그리곤 이마에 잎을 붙이고는 한 가게에 들어가서 비단과 보석을 잔뜩 짊어지고 나왔어요.

"낄낄. 부자 되기가 이렇게 쉽다니!"

그때였어요.

"저 도둑 잡아라!"

가게 주인이 몽둥이를 들고 뛰쳐나오는 것이 아니겠어요? 욕심쟁이 영감은 실컷 두들겨 맞을 수밖에 없었답니다.

🧭 내용을 간추려 볼까?

이마에 붙이면 몸이 보이지 않게 되는 마법의 잎을 얻은 소금장수는 큰 부자가 되었어요. 그 소식을 들은 욕심쟁이 영감은 마법의 잎이 아닌 잎을 이마에 붙이고 물건을 훔치려다가 크게 혼쭐이 났답니다.

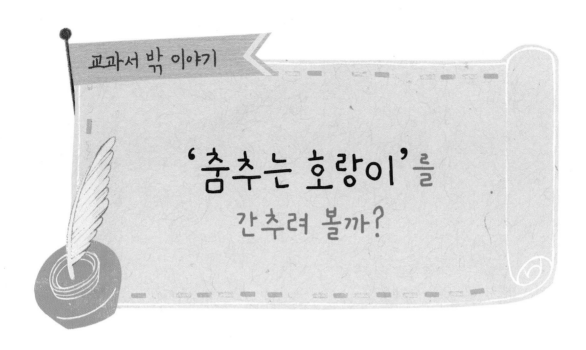

'춤추는 호랑이'를
간추려 볼까?

옛날 어느 마을에 피리를 잘 부는 총각이 살았어요.

총각이 피리를 불면 온 마을 사람들이 몰려와 노래를 부르고 춤을 추었어요.

어느 날 총각이 산에서 나무를 하고 있었어요.

어디선가 호랑이 한 마리가 나타났어요.

"에구머니나!"

깜짝 놀란 총각은 잽싸게 나무 위로 도망을 갔어요.

하지만 호랑이는 포기하지 않고 나무 기둥을 앞 발톱으로 긁어 댔어요.

"큰일이구나. 내려가면 꼼짝없이 죽고 말겠어."

나무 기둥에 오르지 못하자 호랑이는 유유히 숲속으로 사라졌어요.

그런데 잠시 후 호랑이는 대여섯 마리의 호랑이와 다시 나타났

어요.

혼자서 나무에 오를 수 없자 친구들을 데려온 거예요.

호랑이 한 마리가 나무 밑에 붙어 서자 다른 한 마리가 그 위로 올라섰어요. 또 한 마리가 그 위에, 또 한 마리가 그 위에 올라섰어요.

나무꾼은 나무 기둥의 맨 꼭대기까지 도망갔지만 이제 호랑이 탑의 키도 커졌어요.

"이제 꼼짝없이 죽었구나."

곧 호랑이의 날카로운 발톱이 나무꾼 코앞에까지 다가왔어요. 나무꾼은 살기를 포기하고 주머니에서 피리를 꺼냈어요.

"마지막으로 피리나 불자꾸나."

나무꾼의 아름다운 피리 소리는 숲속에 울려 퍼졌어요.

그런데 피리 소리가 들리자 맨 밑에 있던 호랑이가 흥이 나는지 어깨를 들썩이기 시작했어요.

그러더니 피리의 가락에 맞춰 팔도 다리도 흔들흔들 춤을 추기 시작했지요.

쿵!

덕분에 맨 꼭대기에 있던 호랑이가 균형을 잃고 땅바닥으로 떨어졌어요.

쿵!

또 그 위에 있던 호랑이도 떨어졌어요.

쿵! 쿵!

호랑이들이 전부 떨어졌어요.

나무꾼은 계속 피리를 불었어요. 춤을 추는 호랑이는 친구들이 땅바닥에 쓰러져 끙끙 앓고 있는 것도 모르고 계속 춤만 추었어요.

"이때다!"

나무꾼은 재빨리 나무에서 내려와 마을로 도망쳤답니다.

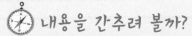

내용을 간추려 볼까?

피리를 잘 부는 총각이 산에서 나무를 하고 있을 때 호랑이 한 마리가 나타났어요. 총각이 나무 위로 올라가자 호랑이는 대여섯 마리의 호랑이와 다시 나타나 서로의 몸을 밟고 올라서 탑을 쌓았어요. 마지막으로 총각이 피리를 불자 호랑이가 흥이 나는지 춤을 추기 시작했어요. 그 바람에 호랑이들이 균형을 잃고 바닥으로 떨어졌고 나무꾼은 재빨리 마을로 도망쳤답니다.

🧭 '여우와 물고기'를 간추려 볼까?

● 원래 이야기

여우는 배가 몹시 고팠어요.

<u>꼬르륵꼬르륵.</u>

더 이상 걸을 힘도 남아 있지 않았어요. 그때 눈앞에 시냇가가 나타났어요.

"야호! 물고기를 잡아먹어야겠군."

여우는 마지막 힘을 짜내어 시냇가로 달려갔어요.

"이야. 통통하게 살이 오른 물고기들이 정말 많구나!"

여우는 침을 꼴깍 삼켰지요. 하지만 물고기를 잡으려면 많은 힘을 써야 했어요.

"어떻게 하면 저 물고기들을 힘들이지 않고 쉽게 잡아먹을 수 있을까?"

그때 여우는 누군가 시냇가에 쳐 놓은 그물을 발견했어요.

"옳지! 그런 방법이 있구나! 나는 어쩜 이렇게 똑똑하지?"

여우는 다급한 목소리로 물고기들을 향해 소리쳤지요.

"물고기들아! 물고기들아! 저기 누군가 그물을 쳐 놓았어. 그물에 걸리면 잡아먹히고 말 거야. 어서 그물을 피해 물 밖으로 나오렴."

여우의 말을 들은 물고기들이 코웃음을 치며 대답했어요.

"그물은 조심히 헤엄치면 피할 수 있지만, 물 밖으로 나가면 어리석은 여우에게 꼼짝없이 잡히게 될 걸 우리가 모를 줄 알고?"

얕은 꾀를 쓰려던 여우는 부끄러움으로 얼굴이 빨개졌답니다.

● 간추린 이야기

배가 고픈 여우가 시냇가로 갔어요. 물고기를 쉽게 잡으려던 여우는 얕은 꾀를 쓰다가 오히려 망신을 당했답니다.

부동의 스테디셀러!

국어왕 시리즈

국어왕 속담 + 고사성어 세트

식지 않은 인기! 속담, 고사성어 최강자가 떴다!
교과서 옛이야기에 숨은 속담과 고사성어를 찾고
독해와 어휘를 한꺼번에 잡아라!

국어왕 교과서 어휘 정복 세트

일기 쓰기로 또박또박 맞춤법 배우고 스토리텔링으로
똑똑한 개념어휘 깨치고, 관용어로 생각과 표현 넓히기!

국어왕 교과서 수록작품 읽기 세트

(1, 2, 3단계)

초등 전 학년 개정 국어 교과서에 수록된 작품 읽기!
엄선된 작품과 깊이 있는 이해로 독서의 지평을 넓혀라!

기억력과 순발력을 동시에!

와당탕 보드게임 속담편

기억력과 순발력을 동시에 잡아라! 짝꿍 카드를 찾고 외치고 가지면 승리!
카드 게임으로 재미있고 쉽게 속담을 익혀 보자.

『속담이 백 개라도 꿰어야 국어왕』 1·2와 연계 학습 가능

게임 구성물

| 속담 앞 문장 카드 60장 | 속담 뒤 문장 카드 60장 | 휴대용 미니 속담책 |

Tip

게임 전, 미니 속담책으로
업그레이드된 속담 대비를 해요!

재미있는 속담 이야기를 살펴볼 수 있는
휴대용 소책자가 들어 있어요. 접는 선을 따라
바깥쪽으로 접을 수 있어 속담을 쉽게 외울 수
있지요!

상상의집 ▶YouTube 에서
동영상 매뉴얼을 확인하세요.
www.lukhouse.com

고양이가

접는 선

카드 번호 **01**

속으로는 해칠 생각을 하면서
겉으로는 친한 체한다.

속담 뜻

› 고양이가 쥐를 잡아먹으면서 쥐가 아플까 봐 걱정해
준다고 생각해 보세요. 코웃음이 나오지요? 이렇게 속
으로는 해칠 생각을 하면서 겉으로는 상대를 생각해 주
는 척할 때 '고양이가 쥐 생각해 준다'라고 해요.

쥐 생각해 준다

비슷한 속담

› '고양이 쥐 사정 보듯'으로 바꿔 쓸 수 있어요. 고양이
가 쥐의 사정을 봐줄 리가 없겠지요? 당치 않게 누구를
생각해 주는 척한다는 뜻이에요.

책과 함께 읽기

› 솔에 든 돈(전래 동화)

비슷한 속담, 반대 속담, 관련된 속담을 알 수 있어요.

『속담이 백 개라도 꿰어야 국어왕』 1·2에 나오는 동화, 신화, 소설 등을 알아봐요.